W9-CPP-521

KATHERINE GARBERA
Una noche y dos secretos

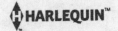

HARLEQUIN™

Editado por Harlequin Ibérica.
Una división de HarperCollins Ibérica, S.A.
Núñez de Balboa, 56
28001 Madrid

© 2019 Katherine Garbera
© 2020 Harlequin Ibérica, una división de HarperCollins Ibérica, S.A.
Una noche y dos secretos, n.º 174 - 21.2.20
Título original: One Night, Two Secrets
Publicada originalmente por Harlequin Enterprises, Ltd.

I.S.B.N.: 978-84-1328-857-4
Depósito legal: M-38647-2019
Impreso en España por: BLACK PRINT
Fecha impresion para Argentina: 19.8.20
Distribuidor exclusivo para España: LOGISTA
Distribuidor para México: Distibuidora Intermex, S.A. de C.V.
Distribuidores para Argentina: Interior, DGP, S.A. Alvarado 2118.
Cap. Fed./Buenos Aires y Gran Buenos Aires, VACCARO HNOS.

MIXTO
Papel procedente de
fuentes responsables
FSC
www.fsc.org
FSC® C108412

Capítulo Uno

Vomitar tres mañanas seguidas no era algo inusual para un O´Malley. Después de todo, la familia era conocida por vivir la vida al límite. Pero Scarlet llevaba semanas sin beber, concretamente desde que su amiga Siobahn Murphy, cantante del grupo femenino musical más exitoso desde Destiny´s Child, había roto con su prometido y este se hubiera fugado a Las Vegas para casarse con su mayor rival. Los paparazis no dejaban a Siobahn ni a sol ni a sombra y Scarlet se había dedicado en cuerpo y alma a proteger a su amiga. Conocía muy bien lo que era ser acosada por la prensa.

Siobahn estaba instalada en la cabaña que Scarlet tenía en East Hampton al cuidado de Billie, la asistente personal de su amiga.

Mientras se lavaba la cara, Scarlet fue considerando todas las razones para vomitar. No podía ser una intoxicación alimentaria, puesto que nadie más se había puesto enfermo y su chef personal era muy escrupulosa con la limpieza de la cocina.

–La intoxicación, descartada –se dijo en voz alta mientras se secaba la cara con la toalla de muselina que le había recomendado su esteticista.

A sus veintiocho años, apenas tenía alguna pequeña arruga, pero aun así su madre siempre le había dicho que nunca era demasiado pronto para prevenirlas.

«Te estás distrayendo de lo importante».

Scarlet se miró al espejo, consciente de que quien hablaba era su voz interior y de que estaba sola. Había perdido a su hermana mayor tres años antes por una sobredosis, pero eso no había impedido que Scarlet siguiera oyendo su voz en determinados momentos, en especial cuando menos quería oírla.

Tara había sido una hermana muy mandona y, al parecer, no quería dejar de darle órdenes. Scarlet suspiró y se miró el vientre. Hacía más de seis semanas que no tenía la regla y siempre había sido muy regular.

«Sí, estás embarazada. Me encantaría seguir por ahí para ver la cara de nuestro viejo cuando se entere».

–Cállate, Tara. Todavía no lo sé seguro.

Scarlet no podía creer que estuviera hablando sola, y mucho menos, en aquella situación.

Si había algo que a los O´Malley se les diera bien era ganar dinero, disfrutar la vida y equivocarse al tomar decisiones. Todo había empezado con su madre, que había muerto cuando Scarlet tenía diecisiete años. Había fallecido en extrañas circunstancias y, a pesar de que se había considerado un accidente, muchos creían que había sido una muerte deliberada. Su padre se había casado seis veces, sin contar las amantes que había tenido entre un matrimonio y otro. La relación más larga que había tenido Scarlet hasta la fecha había durado doce días y todo porque estaban en su isla privada.

No podía estar embarazada.

Si lo estaba…

Dios, aquello era una pesadilla.

Lo más sensato sería dar al niño en adopción. Todo el mundo le decía que era una consentida, y ella se lo tomaba como un cumplido. Su meta siempre había sido disfrutar de la vida al máximo.

¿Pero un hijo?

Tenía amigas con hijos, pero contaban con un ejército de niñeras para cuidarlos. Por su propia infancia sabía lo duro que podía llegar a ser.

Entró en su dormitorio y se tumbó en la cama. Se quedó mirando el techo, que había hecho pintar como si fuera el firmamento de noche. Lulu, su perro salchicha, se tumbó sobre su estómago. Scarlet acarició a su mascota.

«¿Y el padre?».

De nuevo, la voz de Tara.

«¿El padre?».

Sí, Mauricio Velasquez. El texano del año por su labor humanitaria. Dejando a un lado el hecho de que había bebido demasiado y de que se había acostado con ella, parecía un tipo formal. Le había hablado de su familia y de lo unidos que estaban.

Se llevó de nuevo la mano al vientre. Mauricio podía ser la mejor oportunidad para aquel bebé. Más tarde le diría a Billie que le pidiera al doctor Patel que fuera a verla. Si estaba embarazada, se iría con Billie y Siobahn a Cole´s Hill. Aquel pueblo sería el lugar perfecto para que Siobahn se recuperara de su ruptura mientras Scarlet trataba de localizar al padre de su bebé.

Cuatro horas más tarde estaba sentada en el sofá, frente a Billie y Siobahn, que la miraban fijamente como si hubiera perdido la cabeza. Tal vez fuera así.

–¿Texas? –preguntó Siobahn otra vez–. De ninguna manera. Es el último sitio donde quiero que me sigan los paparazis.

–A eso me refiero –le recordó Scarlet a su amiga–. Allí no te seguirán. Es una jugada perfecta. Esta mañana he alquilado una casa en una zona conocida como Five Families que cuenta con su propio control de acceso. Tendremos privacidad.

–¿Pero por qué Texas? –preguntó Billie–. No es que me importe ir allí, pero hace mucho calor en julio en Texas.

No tanto como el que iba a sentir cuando diera con Mauricio Velasquez. Habían hecho arder las sábanas durante la noche que habían pasado juntos.

–Tengo que ver a alguien allí. Y nos vendría bien un respiro –dijo Scarlet–. Confiad en mí. Será divertido y, Siobahn, así podrás olvidar a Maté.

–Ya lo he olvidado –replicó su amiga.

–Mentirosa.

Scarlet se acercó y se sentó en el reposabrazos del sillón de Siobahn, antes de abrazarla.

–Nos vendrá bien a las dos –le prometió Scarlet.

Siobahn levantó la vista para mirarla y Scarlet sintió que se le rompía el corazón al ver sus ojos enrojecidos. Haría lo que fuera necesario para entretener a Siobahn y, aunque todavía no se lo había dicho, sabía que aquel embarazo iba a ser una distracción para ambas.

El doctor Patel le había confirmado que esperaba un hijo. Scarlet todavía no había asumido la noticia, pero siempre abordaba los problemas con resolución. No podía quedarse en Nueva York ni en los Hampstons. Tenía que volver a ver a Mauricio y después tomar una decisión en relación al bebé.

Un bebé.

Siempre había querido tener a alguien a quien querer, pero se había prometido a sí misma no tener hijos. Había sido testigo de primera mano de lo que le pasaba a la gente que no estaba preparada para tener hijos.

Puso la mano en su vientre y se quedó mirando el espejo. Mauricio Velasquez era un tipo decente. Había sido reconocido por su labor humanitaria, era de esperar que fuera un buen padre, ¿no?

Conocería a su familia y se aseguraría de que así fuera porque quería que aquel bebé tuviera lo que ella nunca había tenido: unos padres cariñosos y una familia para que su hijo no acabara siendo como ella.

Era tradición de los Velasquez comer los domingos en casa de los padres. Alec Velasquez había tenido la suerte de saltársela el último mes gracias a las conferencias que había dado sobre tecnología en diferentes lugares. Si encontrara una excusa para saltársela esa semana, la aprovecharía.

No había vuelto por Cole´s Hill desde que se había hecho pasar por su hermano gemelo, Mauricio, para recoger en Houston un premio por su labor humanitaria. Había pasado la mejor noche de su vida con Scarlet O´Malley, pero no había podido contactar con ella después. Había tratado de dar con un plan que le hiciera ir a Nueva York y encontrársela por casualidad, pero se encontraba con el obstáculo de cómo decirle que no era Mo. Sabía por experiencia que a ninguna mujer le gustaba que la engañasen.

Al menos había hablado por teléfono con la novia de Mo, Hadley Everton, para contarle lo que había pasado. Después de pensar que era Mo el que había aparecido con Scarlet en las fotos publicadas por la prensa, Hadley había podido aclarar el asunto con su novio y habían decidido casarse. La noticia había alegrado tanto a su madre que casi no le importaba que estuviera faltando a las comidas familiares.

Pero sabía que estaba de vuelta y quería respuestas. Tendiendo en cuenta que Hadley y Mo estaban comprometidos, todos sabían que era Alec el que se había acostado con Scarlet O´Malley. En el pueblo, todos los comentarios se referían a ella como «la heredera». Y, a menos que estuviera dispuesto a soportar el fuerte temperamento de su madre, tenía que ir a la comida.

Se sentó ante su ordenador y releyó el correo electrónico que tenía guardado en la carpeta de borradores. No dejaba de hacer cambios y, cada vez que lo leía, decidía no mandárselo. Debería contentarse con haber pasado una noche juntos y olvidarlo.

Oyó el aviso del sistema de seguridad y supuso que sería su hermano gemelo, que le había mandado un mensaje para ir juntos a caballo hasta el campo de polo en donde habían quedado a comer.

Ocultó la ventana del correo electrónico de su ordenador y se puso de pie al entrar su hermano en la habitación. Las paredes del despacho de su casa estaban llenas de libros con los tomos de cuero; el decorador había decidido que eso le daría un aire más elegante a la estancia. Pero Alec había insistido en que los libros fueran títulos que hubiera leído, así que la colección de Harry Potter estaba debajo de Shakespeare y Hemingway.

–Buenos días, hermanito.

–Buenos días –replicó Alec–. ¿Dónde está tu media naranja?

–Ha surgido un contratiempo con los preparativos de la boda de Helena y ha tenido que ir a ver a Kinley para resolverlo –contestó Mo.

Helena, la hermana de Hadley, estaba preparando su boda con Malcolm, su novio de toda la vida. Habían pasado una mala racha recientemente, cuando él había perdido todo el dinero de la boda en apuestas. Pero la pareja había salido más fortalecida que nunca.

Kinley Quinten-Caruthers trabajaba como organizadora de bodas para la conocida Jaqs Veerland. Kinley era del pueblo y había vuelto a Cole´s Hill hacía unos años para abrir una oficina en Texas y dar servicio a clientes de perfil alto como el exjugador de la NFL Hunter Caruthers, que se había convertido en su cuñado después de que se casara con Nathan, el padre de su hija.

–¿Qué contratiempo? Es domingo.

Mauricio se encogió de hombros y sacudió la cabeza.

–No tengo ni idea. Me han dicho que era mejor no saberlo.

–Desde luego –dijo Alec–. Creo que deberíamos marcharnos ya.

–Antes de irnos…

–Lo sabía.

–¿El qué?

–Que no solo has venido para ir juntos –contestó Alec.

–Bueno, últimamente has estado muy esquivo.

–¿Esquivo? –repitió Alec, arqueando una ceja.

–Son palabras de mamá. Me ha pedido que averigüe qué te pasa –dijo Mo, paseando hasta la estantería–. No quise decirle que seguramente era un tema de faldas porque pondría su radar de novias y no te dejaría en paz un momento.

–Gracias.

–Piensa qué quieres que le diga.

–Sí, no queremos que vuelva a pasar lo mismo que cuando de niños le dijiste a mamá que no fui al entrenamiento para hablar con una chica –dijo Alec sonriendo al recordarlo.

Rememorar su infancia les dio unos minutos de distracción, pero sabía que Mo no iba a dejar pasar aquello. Aunque ninguno de los dos creía que existiera una conexión especial a nivel psíquico por el hecho de ser gemelos, siempre habían sido capaces de percibir cuando le preocupaba algo al otro.

–¿Quieres que hablemos de lo que te pasa? No nos esperan en el campo de polo hasta dentro de un rato.

¿Quería hablar? No. No era un hombre sensiblero y su hermano tampoco.

–No.

–De acuerdo.

–¿De acuerdo? Mamá se llevará un disgusto –dijo Alec.

–Claro que no. Supongo que la siguiente en tratar de descubrir lo que te pasa será Bianca.

Alec gruñó. Su hermana iba a ser mucho más insistente. Aunque era un año más pequeña que ellos, siempre había sabido cómo salirse con la suya con los hombres de la familia.

–No creo que haya nada que hacer –replicó Alec–. Es Scarlet. No puedo dejar de pensar en ella, pero no puedo llamarla porque cree que soy tú. Si le cuento que me estaba haciendo pasar por mi hermano, no creo que quiera volver a verme.

Ya lo había dicho. Al oírselo decir en voz alta, pensó en lo ridículo que era todo aquel asunto. Mo y él tenían treinta años, casi treinta y uno. Hacía tiempo que había pasado la época de hacerse pasar el uno por el otro.

Mo le dio una palmada a su hermano en el hombro.

–No parece sencillo, pero si hay algo que he aprendido de mi relación con Hadley es que si una mujer te gusta mucho, tienes que ir tras ella. Discúlpate por tus errores, cuéntale la verdad y dile lo que sientes.

–Eso son muchas cosas.

–Tal vez podrías diseñar una aplicación que lo hiciera por ti –comentó Mo con ironía.

–Anda, piérdete.

Alec se sintió mejor después de hablar con Mo. Tal vez llamara a Scarlet o incluso volara a Nueva York para verla. Mal no le haría. Así podría darse cuenta de si esa obsesión era simplemente porque la consideraba fuera de su alcance o si era algo más.

***

Cuando por fin llegaron a Cole´s Hill, Siobahn decidió quedarse en la casa alquilada mientras Scarlet se disponía a buscar a Mauricio para contarle lo del embarazo. Llevaba a Lulu en el bolso y Billie estaba a su lado mientras se dirigían en coche a tomar un café.

No sabía qué clase de hombre era. Habían pasado una noche juntos, bebiendo, bailando y riendo. Al despertarse a la mañana siguiente, ya se había marchado, y no podía culparlo después de haber visto las fotos de los paparazis.

Su vida no era la del resto de los mortales, pero se había acostumbrado. Tara solía decir que vivían en una jaula de oro y que habían tenido que aprender a convivir con la prensa. Había momentos en que Scarlet soñaba con una vida más sencilla y discreta, pero lo cierto era que en la mayoría de las ocasiones la disfrutaba.

En aquella pequeña ciudad, nadie parecía prestarle atención, y eso le agradaba. Cuando pidió en la cafetería un café con leche de coco, nadie la importunó.

—¿Conoce a la familia Velasquez? —le preguntó a la camarera de la barra después de pedir.

—Todo el mundo los conoce en Cole´s Hill. Supongo que hoy estarán todos en el partido de polo. No es un deporte que siga, pero tengo entendido que viene un exjugador… Dee, ¿recuerdas cómo se llama? –dijo la camarera dirigiéndose a la mujer que estaba junto a la máquina de café.

–Bartolomé Figueras. También es modelo. Es muy guapo.

–Y tanto –convino Scarlet.

Ese mismo verano los había conocido a él y a su hermana en un partido de polo en Bridgehampton. Tal vez incluso tuviera su número.

–Me encanta el polo. ¿Cree que podríamos ir a ver el partido? –preguntó Scarlet, volviéndose a Billie, que sonrió.

–Estoy segura de que sí. Han estado organizando partidos todos los meses para una organización benéfica que lleva Mauricio Velasquez.

La camarera tecleó en la caja registradora y salió un recibo. Lo tomó y escribió una dirección web.

–Creo que aquí podrá encontrar toda la información –añadió, dándole el trozo de papel–. Que se diviertan.

Cuando les dieron sus bebidas, Scarlet y Billie salieron de la cafetería y se dirigieron al aparcamiento.

–Ha sido muy fácil –dijo Billie.

–Mucho. Vámonos a casa a cambiarnos. Seguro que Siobahn querrá acompañarnos.

–No lo tengo tan claro. Esta mañana está un poco nostálgica.

Scarlet se detuvo y se volvió a su asistente. Billie se había ocupado de Siobahn mientras ella asimilaba la noticia de que estaba embarazada. No le había contado a nadie el resultado de la prueba, ni siquiera a Billie. Solo lo sabían el doctor Patel y ella.

–Debería haber estado más atenta. Siento haber estado tan ofuscada en dar con Mauricio.

–Está bien. Lo que quiero decir es que no sé si serás capaz de convencerla para que te acompañe al partido de polo.

–Está bien –dijo Scarlet.

Volvieron a la casa. Mientras Billie averiguaba quién era la secretaria de Bartolomé Figueras para pedirle que las incluyera en la lista de invitados, Scarlet habló con Siobahn. No estaba de humor para salir de la casa, así que dejó a Lulu con ella.

Cuando llegaron, el campo de polo estaba muy concurrido. Billie se fue a ver dónde estaban los establos. Scarlet paseó entre la gente, buscando entre los hombres a aquel con el que había pasado una noche.

Vio primero a Bart y escuchó la risa de su hermana Zaria. Scarlet sonrió. La heredera argentina tenía una risa tan fresca como su personalidad. Se dirigió hacia ellos y entonces vio que Mauricio Velasquez estaba en su grupo. Rodeaba con su brazo a una mujer muy guapa, con una melena morena y rizada hasta media espalda. Se quedó mirándolos un momento. Tal vez fuera su hermana. Pero entonces lo vio inclinarse para besar a la mujer de un modo poco fraternal.

Scarlet nunca había sido tímida y al ver al padre del hijo que esperaba besando a otra mujer se puso furiosa. Por un segundo, se dio cuenta de que se había hecho ilusiones con un encuentro perfecto en el que aceptara de inmediato pasar el resto de sus vidas juntos.

Era como si se hubiera olvidado de que era una O´Malley y que aquel tipo de cosas no eran para ella. No le gustaban los compromisos. No estaba hecha para relaciones duraderas. Había visto lo que le había pasado a su madre, que no había superado que su padre la dejara para irse con otra mucho más joven.

Tara era como su padre, disfrutando de la vida al máximo. Pero Scarlet se había sentido muy perdida entre dos personas tan opuestas. Por un lado, tenía el sueño de fundar una familia tan perfecta como la que veía en las fotos de su infancia. Por otro, estaba la realidad de que nunca había sido responsable más que de sí misma.

Los O´Malley eran mejores cuando solo tenían que cuidar de sí mismos. Era lo que mejor se les daba, eso, y hacer cosas extrañas y escandalosas.

Forzó una sonrisa y se dirigió decidida al grupo, evitando reparar en Mauricio o en la mujer. Mantendría la calma y fingiría que había ido a saludar a Bart. Pero según se acercaba, no pudo evitar lanzar una mirada a Mauricio.

Seguía estando muy guapo. Por un segundo se preguntó si habría un mundo en el que la bondad de los Velasquez podría eclipsar la maldad de los

O´Malley. No había oído más que cosas buenas de la familia Velasquez y de lo unidos que estaban.

Eso había hecho que anhelara la familia que nunca había tenido, y sentía curiosidad. Aunque no estuviera hecha para los compromisos, sería divertido ser parte de algo así.

–Scarlet, ¡qué sorpresa! –exclamó Bart al verla–. Me alegro de que estés aquí. Deja que te presente a mi amigo Mauricio Velasquez y a su prometida.

¿Prometida? ¿Qué demonios…

Se volvió hacia el hombre que pensaba que conocía y reparó en sus hombros y en la cicatriz de la ceja. El hombre con el que se había acosado no tenía ninguna. ¿Qué demonios estaba pasando?

–Hola, Mauricio –dijo–. Creo que ya nos conocemos. Fue en aquella gala en Houston…

–Bueno, lo cierto es que… –comenzó Mauricio.

–Creo que me estás buscando a mí –dijo una voz masculina a sus espaldas.

Se volvió para mirar al hombre y se quedó sin palabras. Era la viva imagen de Mauricio. ¿Tenía un hermano gemelo? En aquel momento, Scarlet se dio cuenta de que la situación había pasado de mal a peor. ¿Un embarazo después de una aventura de una noche? Sí, esas cosas pasaban. Pero descubrir que el padre de su bebé era un impostor, un completo desconocido del que no sabía nada… Bueno, era la mala suerte de los O´Malley.

Capítulo Dos

Alec estaba deseando enviar aquel correo electrónico. La expresión de asombro de Scarlet al volverse para mirarlo enseguida se volvió de desprecio y furia. Nunca antes una mujer le había mirado de aquella manera y no le gustó.

Se enorgullecía de ser un buen tipo.

Siempre había tratado a las mujeres con respeto, después de todo tenía una hermana. Nunca había hecho nada para que lo miraran de aquella manera.

En su cabeza, las palabras daban vueltas como si fueran el código de un ordenador tratando de dar con un nuevo algoritmo.

Pero aquel no era momento de hablar. Bart, Mo, Hadley y los demás estaban mirándolo. Al menos Mo y Hadley sabían lo que estaba pasando, pero los demás… Debía de parecerles una locura.

Tiró del brazo de Scarlet para apartarla y poder hablar con ella en privado. Estaba muy guapa con su melena de color miel cayéndole en ondas por los hombros. Su mirada verde grisácea centelleó al soltarse, y al volverse, la falda del vestido ondeó alrededor de sus piernas. Caminó muy erguida hacia unos árboles que bordeaban el campo de polo en un extremo y no le quedó otra opción que seguirla.

Al trastabillar en la hierba, Alec alargó el brazo y la sujetó.

–Gracias.

Él asintió. No podía creer que estuviera allí ni que su mentira hubiera quedado patente de una manera tan pública. Sabía que había metido la pata.

Nada más llegar bajo la sombra de los árboles, se disculpó inmediatamente.

–Lo siento, debí contarte todo aquella noche. Mauricio estaba indispuesto y me pidió que recogiera el premio. No sé por qué pensé que sería más fácil hacerme pasar por él, en vez de disculpar su ausencia. No quería que los organizadores pensaran que Mo menospreciaba el reconocimiento. Debí contártelo, pero me di cuenta de mi error demasiado tarde.

Scarlet echó la cabeza hacia atrás y se puso el sombrero que llevaba en la mano. Luego, sacó unas gafas de sol y se las puso.

–No acepto tus disculpas –dijo–. ¿Quién eres? Ni siquiera sé cómo te llamas.

Avergonzado, sacudió la cabeza. ¿Cómo podría compensarla?

–Soy Alejandro, aunque me llaman Alec. Mauricio y yo somos gemelos.

–Me alegro de saberlo, Alejandro. Creo que

deberías habérmelo dicho cuando volvimos a mi habitación del hotel.

–Estábamos muy ocupados con... otras cosas. Pero tienes razón. Debería haberme detenido y haberte dicho quién era. Pensaba hacerlo por la mañana, pero para entonces las fotos que nos habían hecho ya se habían vuelto virales y sabía que mi hermano iba a tener problemas con Hadley. Así que quise advertirle enseguida, pero no te lo tomes como una excusa.

Scarlet se cruzó de brazos, atrayendo la atención de Alec sobre sus pechos. En cuanto se dio cuenta de que tenía la vista puesta en su escote, levantó la mirada y buscó sus ojos.

–Está bien, entiendo por qué te fuiste.

–Lo siento.

¿De verdad era tan fácil? Había estado muy preocupado por contárselo y ahora parecía que su angustia había sido por nada. Tal vez pudiera pedirle una cita y empezar a conocerla desde cero.

Ella asintió.

–De hecho, quería hablar contigo de esa noche.

Hablar era una buena señal, ¿no? Era un hombre práctico, razonable. Pero había sido criado por unos padres que creían en el destino, y una parte de él estaba convencido de que la presencia de Scarlet en Cole´s Hill era algo más que pura coincidencia. Pero, ¿de qué se trataba?

Enseguida achacó el deseo que sentía por ella

a que una noche no había sido suficiente. Nunca lo era. Un fin de semana… tal vez. Pero una sola noche, no, de ninguna manera.

En aquel momento estaba delante de ella y aquella sensación que había sentido cada vez que había intentado dejar de pensar en ella era más fuerte que nunca. Así que no iba a permitir que se fuera sin más.

Hacía mucho tiempo que había aprendido que cuando más se negaba algo que quería, más lo deseaba. Aunque Scarlet no parecía dispuesta a darle una segunda oportunidad.

¿Podía culparla?

No, claro que no.

Su reloj inteligente emitió un zumbido, avisándolo de que debía dirigirse a los establos para prepararse para el partido de polo.

Se pasó la mano por la cara y deseó por una vez tener más autocontrol. Aunque su instinto le había hecho alcanzar un gran éxito en los negocios, no era la primera vez que le había traído problemas en su vida personal.

—Quedan diez minutos para que empiece el partido —dijo Alec—. Luego tendremos una comida familiar y me gustaría que me acompañaras. Como ves, no soy tan cretino.

—No pienso que seas un cretino.

A punto estuvo de sonreír por la manera en que lo dijo, pero sabía que seguía teniendo el agua al cuello. Eso le recordó por qué se había sentido atraído por ella. Había estado muy acertada con las descripciones de algunas de las personas más pedantes que habían asistido a la entrega de premios y enseguida habían congeniado.

—¿Puedes venir conmigo, por favor? Todos saben lo que pasó, bueno, saben que te besé mientras me hacía pasar por Mo. Así que entenderán perfectamente que estés enfadada conmigo.

—Mi secretaria me ha acompañado. ¿Puede venir ella también?

—Sí, claro. Creo que Bart y Zaria también nos acompañarán, así que verás algunas caras conocidas.

—Está bien, te veré después del partido —dijo y pasó a su lado dejando una estela de ira femenina y perfume.

Alec se volvió para mirarla marchar y trató de ignorar aquella excitación que lo invadía.

Mantuvo la calma hasta que supo que estaba fuera de su campo de visión y entonces dejó de caminar como si tuviera toda la seguridad del mundo.

¿Con quién se había acostado?

A lo largo de su vida había tomado algunas decisiones equivocadas. ¿Quién no lo había hecho? Aun así, siempre había elegido con cuidado a sus compañeros de cama. No se acostaba con cualquiera, a pesar de lo que la prensa publicaba. Aquella noche… Bueno, había pensado que estaba congeniando con Mauricio Velasquez y no que Alejandro, Alec, la estaba tomando el pelo.

–¿Estás bien? –preguntó Billie, acercándose.

–Sí, bueno, no. No lo sé –le dijo a su secretaria–. Esto no va como había planeado.

Billie rio con su habitual frescura y Scarlet no pudo evitar sonreír.

–¿Cuándo pasa eso? ¿Qué está pasando? Lo único que me has contado era que querías ponerte en contacto con aquel tipo que conociste en Houston.

Scarlet se quitó las gafas de sol y miró a su amiga, tratando de buscar las palabras. Pero seguía sin encontrarlas. Aquella era la clase de situación en la que Tara acababa siempre. Scarlet presumía de ser más prudente en su vida personal.

–Es complicado.

–Soy toda oídos –dijo Billie.

–Bueno, no hay mucho que contar –replicó Scarlet, reparando en las personas que se estaban congregando para ver el partido.

Se había montado una barra y una pequeña mesa bufé. La conversación versaba sobre los hermanos Velasquez. Al parecer, uno de ellos estaba casado con Phillipa Hamilton-Hoff, heredera de la importante casa de joyas británica.

–¿Me lo cuentas después? –preguntó Billie.

Scarlet asintió.

–¿Me necesitas? Pensaba volver a la casa y ver cómo está Siobahn antes de ir a comprar unas cosas. Más tarde tengo concertadas un par de entrevistas con cocineros, aunque hoy me tocará hacer la cena.

Billie tenía cosas que hacer y Scarlet sabía que debía dejar que se marchara. ¿Qué iba a contarle?

—¿Scarlet?

Se encogió de hombros, volvió a ponerse las gafas de sol y se volvió. Aquel movimiento tan brusco hizo que se le revolviera el estómago.

No quería vomitar allí, pero sentía el ardor en la garganta y se llevó la mano a la boca.

—¿Sabes dónde hay un baño? —le preguntó a Billie.

—Demasiado lejos —contestó, consciente de que Scarlet estaba a punto de vomitar.

Billie la tomó de la mano y se alejaron a toda prisa justo cuando el partido de polo comenzaba. Se dirigieron a la parte trasera de los establos y mientras Scarlet vomitaba, Billie la sujetó del hombro y le apartó el pelo de la cara.

Después de vaciar el estómago, Billie le pasó una botella de agua con la que se enjuagó la boca antes de levantarse y volverse hacia su amiga. Había perdido las gafas de sol , y las necesitaba.

Le gustaba fantasear con la idea de que era invisible oculta tras aquellas enormes gafas y, al ver la expresión de sorpresa en los ojos marrones de Billie, supo que debía esconderse. Su amiga no iba a creerse cualquier excusa. Se había dado cuenta de que estaba llevando una vida sana.

—¿Estás embarazada?

Scarlet tragó saliva. Sentía la garganta seca.

–Sí. Es complicado.

–¿El padre es esa tal Mauricio? –preguntó Billie, apartándose unos pasos para recoger las gafas de sol del suelo.

Se las entregó a Scarlet y enseguida se las puso.

–Eso pensaba, pero resulta que tiene un hermano gemelo que se hizo pasar por él esa noche.

–De acuerdo, es evidente que eso nos fastidia. ¿Qué quieres que haga? Puedo llamar a nuestros contactos en la prensa y…

–Todavía no. Ni siquiera lo conozco. Me ha pedido que me quede a comer con él y su familia después del partido. Me gustaría que vinieras.

–Por supuesto, ahí estaré. ¿Cómo se llama? –preguntó Billie sacando el teléfono del bolsillo.

–Alejandro Velasquez.

–¿Estás de broma?

–¿Crees que bromearía con una cosa así? ¿Por qué? ¿Quién es?

–Voy a buscarlo en internet, pero estoy segura de que es ese genio de la tecnología propietario de una compañía de software.

–¿Para qué iba a hacer algo tan estúpido como hacerse pasar por su hermano? –preguntó Scarlet–. ¿Qué voy a hacer? Ya conoces a mi familia. Pensé que…

–Haré algunas averiguaciones mientras ves el partido. En la comida veremos qué clase de familia tiene, qué tipo de gente son. Tal vez el hacerse pasar por su hermano fue algo inocente. Pase lo que pase, ya sabes que me tienes a tu lado –dijo Billie, y le dio un abrazo.

No estaba sola. ¿Por qué siempre se sentía sola? Billie era la mejor secretaria que había tenido, aunque sabía que Billie no estaba con ella solo por el salario.

–Gracias. Estoy hecha un lío.

–Pues ya es algo. No hay nada que te altere.

Tuvo que sonreír al oír aquello. Había aprendido a hacer frente a situaciones que a la mayoría de las personas le asustaban. Pero aquello… Tal vez fuera el hecho de que Tara no estuviera allí para hablar. Por mucho que estuviera sufriendo, Tara siempre era capaz de hacerla sonreír.

Scarlet no pudo evitar pensar que tal vez no le había importado mentirle por ser quien era. Su vida estaba llena de escándalos y su reputación no era precisamente buena. Así que no le debía de haber importado mentirle. Esperaba que ese no fuera el caso, aunque había aprendido que albergar esperanzas era una pérdida de tiempo. Había deseado que su padre dejara de casarse con mujeres más jóvenes y se comportara como un padre de verdad. Había deseado que Tara dejara de consumir drogas y se desintoxicara. Ahora, estaba deseando que Alejandro Velasquez fuera un tipo decente…

***

Alec había crecido jugando al polo con sus hermanos. La familia Velasquez había criado caballos durante generaciones y su padre había jugado en un equipo con su tío José y sus primos desde que eran niños. Así que montar a caballo era como respirar para Alec. En su equipo de cuatro jugadores jugaban además de él, Mo, su hermano mayor Diego y el pequeño de los Velasquez, Íñigo. Cuando Íñigo estaba compitiendo en la Fórmula Uno, lo sustituían Malcolm Ferris, el mejor amigo de Mo, o su padre. Íñigo no se suponía que debía jugar cuando estaba en casa por mandato de la compañía de seguros, pero a los Velasquez no se les daba bien cumplir órdenes.

Diego siempre era el número uno y el goleador. Tenía muy buena puntería, así que tenía sentido que jugara en esa posición. Alec y Mauricio intercambiaban los números dos y tres, ocupando los puestos de ataque y defensa. El número cuatro se ocupaba de la portería. Malcolm era muy bueno en esa posición y, dado que llevaban jugando juntos desde niños, conocía muy bien los puntos fuertes y débiles de todos.

Cuando acabó el tercer tiempo, Alec se dio cuenta de que sus hermanos y Malcolm no estaban muy satisfechos con su juego. Además, estaban jugando contra Bart y sus amigos, todos ellos exjugadores profesionales.

Alec se quedó rezagado, buscando a Scarlet entre el público. Cuando la vio, estaba hablando con

Zaria y riéndose de algún comentario de la hermana de Bart. Tenía la cabeza echada hacia atrás y sintió un arrebato de deseo al verla tan feliz.

—No vas a ser capaz de hablar con ella como no te concentres en el juego —dijo Mo, acercándose a él.

Era conocido el mal temperamento que tenía su hermano gemelo, pero desde que se había comprometido con Hadley, Mauricio estaba más calmado. Había habido una temporada, después de que Mo y Hadley rompieran, en que había estado bebiendo y metiéndose en peleas. Había sido la forma en que Mo se había enfrentado a la pérdida de Hadley para no admitir que había sido él el que la había apartado de su lado.

—Lo estoy intentando —dijo Alec—. No esperaba verla hoy. ¿Por qué ha venido? ¿Y cómo voy a explicarle por qué le mentí haciéndome pasar por ti?

No estaba acostumbrado a que le pillaran con la guardia baja. En parte, su éxito se debía a que era capaz de adelantarse a cualquier situación. Pero aquello estaba completamente fuera de su campo de acción. Había buscado información sobre Scarlet. Tenía fama de llevarse lo que fuera por delante sin detenerse por nada ni por nadie.

Mo suspiró.

—No tengo ni idea, pero estoy seguro de que si ganamos el partido se quedará gratamente sorprendida.

Alec sabía que el resultado de aquel partido no le interesaba lo más mínimo.

–Creo que eso es lo que te haría feliz a ti, no a ella.

–Tal vez tengas razón, pero… Maldita sea, ahora mismo estás en apuros.

–¿Qué? –preguntó y volvió la vista hacia Scarlet.

Su hermana, embarazada de casi seis meses, y su madre acababan de unirse al grupo en el que estaba Scarlet.

Aquello era lo último que necesitaba: Bianca y su madre hablando con ella.

–No sé si papá querrá sustituirme unos minutos.

–No, no lo hagas. No hay nada que puedas hacer para mejorar las cosas. Además, hace dos semanas que no juega y está cuidando de Benito –dijo Mo, refiriéndose a su pequeño sobrino–. Venga, tenemos que acabar el partido.

El juego de Alec fue tan desastroso en los últimos dos tiempos como lo había sido en los cuatro anteriores. Ya en los vestuarios evitó como pudo a su hermano gemelo mientras se duchaban y cambiaban. No le apetecía ver a su familia, que estaba en una amplia terraza construida sobre los establos. Cuando Alec y Diego empezaron a diseñar el campo de polo, enseguida tuvieron claro que querían una zona de esparcimiento para la familia después de los partidos. De hecho, Diego iba a contratar a un director de eventos porque aquel espacio se había hecho muy popular entre los habitantes de Cole´s Hill.

Cuando salió de los vestuarios, se fue a los establos en vez de a la terraza en donde todos esperaban, incluida Scarlet O´Malley. Se apoyó en la entrada de la cuadra de Dusty, su caballo, sacó su teléfono, se conectó a internet y abrió la página de búsqueda que había desarrollado para encontrar todas las huellas dejadas por una persona en la web. Iba a hacérsele tarde para la comida con Scarlet y su familia, pero quería tener una idea de quién era y por qué estaba allí.

Una noche en su cama había despertado su apetito por ella, aunque se había resignado a no volver a verla. Había demasiadas explicaciones que dar, así que había decidido que fuera una de aquellas mujeres a las que recordar con nostalgia. Pero había vuelto y la deseaba tanto como la primera vez que la había besado.

Dusty levantó la cabeza y miró hacia la entrada de los establos. Alec se volvió y vio a Scarlet caminando hacia él. Respiró hondo y se guardó el teléfono.

–Hola.

–Hola, Alejandro. Te estaba esperando arriba.

–Lo siento. Quería disculparme con Dusty por haber jugado tan mal.

Ella ladeó la cabeza y se quedó estudiándolo. No dijo nada, tan solo se cruzó de brazos y esperó.

–¿Qué?

–Nada. Ahora ya sé qué cara pones cuando mientes.

Se apartó de la pared y se acercó a ella.

–No, no lo sabes. Esa es la verdad.

–¿Estás seguro? Porque tienes la misma expresión en tu cara como cuando te presentaste como Mauricio.

Capítulo Tres

Estaba allí, en medio de los establos, y se le veía más cómodo que en la gala de Houston. Se preguntó si estaba ante el hombre auténtico. Pero, ¿cómo saberlo? Desde que se habían conocido, no había hecho otra cosa que mentirle.

–Siento haberte mentido, Scarlet. Si hubiera tenido oportunidad de contarte la verdad, lo habría hecho, pero me dejé llevar. Lo último que tenía en la cabeza cuando llegamos al hotel era explicarte que me estaba haciendo pasar por mi hermano.

Lo tenía tan cerca que percibió el olor de su crema de afeitar. Cerró los ojos. No era un aroma desagradable, pero estaba embarazada y le molestaba ligeramente.

Si vomitaba delante de él, le causaría una pésima impresión. Necesitaba llevar la iniciativa. Quería saber qué clase de hombre era antes de hablarle del bebé.

Retrocedió unos pasos y se volvió hacia los establos. Le gustaban los caballos, pero nunca se le había dado bien montar. Tara había sido la amazona de la familia y puesto que su padre siempre había promovido la competencia en todo lo que habían hecho, enseguida decidieron no perseguir las mismas pasiones.

Las náuseas cesaron en cuanto se apartó de él.

Volvió la cabeza y lo miró por encima del hombro. No se había quitado las gafas al entrar en las cuadras y apenas podía verlo. Los cristales eran muy oscuros y no distinguía su expresión.

Tal vez no fuera malo. Paseó la mirada por su cuerpo. Llevaba unos vaqueros blancos con un cinturón negro que acentuaba su fina cintura y sus fuertes piernas. También llevaba una camisa clara con el primer botón desabrochado y una chaqueta gris. Habría preferido que fuera descuidado o desaliñado. Sin embargo, tenía el aspecto sofisticado del hombre que parecía ser.

—¿Así que eres un apasionado de la tecnología? —preguntó ella.

Alec esbozó una medio sonrisa.

—Podría decirse que sí.

—¿A qué te dedicas?

—Te lo contaré durante la comida. ¿Por qué no nos unimos al resto de la familia?

—Todavía no. Quiero saber más de ti, Alejandro.

—Me parece bien. Yo también quiero conocerte mejor, Scarlet. Quiero conocer a la mujer que hay detrás de los titulares.

Ella sacudió la cabeza. Nadie conocía a esa mujer. Tal vez Tara era la única que la había conocido, pero estaba muerta. Billie y Siobahn veían lo que quería enseñarles. Nunca se había sentido có-

moda como para permitir que alguien la conocie-
ra bien y dudaba que aquel hombre que le había
mentido nada más conocerla fuera a ser diferente.

–No es así como van a ir las cosas. No estamos
en una situación de igualdad. Me mentiste sobre
quién eras. Yo no.

Alec se acercó y le tomó la mano. Luego se la
llevó a los labios y la besó, provocándole un escalofrío. Esa reacción sí que podía entenderla. Era
simple y llanamente deseo.

–Sí, mentí y no sabes cuánto lo siento. Si pudiera dar marcha atrás en el tiempo, te lo diría. Pero
el resto de lo que pasó esa noche fue auténtico.
No me estaba fingiendo ser Mo. Él es mucho más
introvertido que yo.

Estaba tratando de poner una nota de humor
y, de no haber estado embarazada ni su familia ser
un completo desastre ni haber pensando que era
un buen tipo, habría podido reírse. Pero aquello era demasiado importante. No quería traer
al mundo a otra persona para que sufriera tanto
como Tara o su madre, o incluso, como ella misma. Aquel hombre había sido un rayo de esperanza hasta que había descubierto que no era quien
pensaba.

–¿Serás capaz de perdonarme? –preguntó él.

Parecía sincero. Tal vez fuera buena persona,
pero no lo conocía. Se encogió de hombros.

–No lo sé.

–Al menos conoce al resto de mi familia. Quizá

así te des cuenta de que no soy tan imbécil como piensas.

Le soltó la mano y se dio la vuelta, pero ella lo detuvo, poniéndole la mano en el hombro. No pudo evitar hundir los dedos en aquellos músculos tan fuertes.

—¿Lo hiciste por quien soy? —preguntó ella.

Era lo primero que quería saber antes de seguir adelante.

—¿A qué te refieres?

—¿Acaso tú y tu hermano pensasteis que me podíais tomar el pelo porque creéis que no tengo moral?

Era lo mejor que habían dicho de ella sus detractores.

—Dios mío, Scarlet. Mo y yo no habíamos hablado nunca de ti hasta ahora. Le conté que eras encantadora, bonita y la clase de mujer capaz de hacerme desear tenerte a mi lado.

Se quedó sin respiración. Quería creerlo. Al mirarlo a sus ojos marrones, deseó que lo que veía en ellos fuera sinceridad. Pero no lo conocía. El tiempo le diría si Alejandro Velasquez era un hombre de palabra.

Teniendo en cuenta que no había hecho otra cosa más que pensar en Scarlet al verla en el partido de polo, Alec se alegró de volver a estar en compañía de su familia. Todos, incluyendo a Bart y a su hermana, estaban merodeando alrededor de la barra. En otras ocasiones, ya estarían sentados y comiendo.

Lo habían esperado, o más concretamente, habían esperado a Scarlet.

Nada más aparecer en la terraza, Bianca y sus cuñadas Kinly y Ferrin se habían vuelto para mirarlos.

—Te advierto que todos los presentes sienten curiosidad por ti —le dijo a Scarlet—. No sé si alguna vez has estado en un pueblo pequeño, pero te aseguro que es como estar en un programa de televisión solo que sin cámaras. Todo el mundo sabrá quién eres en cuestión de horas y querrán saber por qué has venido.

—Estoy acostumbrada. Ya viste que se publicaron esas fotos besándonos antes incluso de dejar la fiesta.

—Tienes razón. Pero deja que te diga que la mayoría de la gente de por aquí es muy agradable.

—Ya veremos. Tengo tendencia a provocar reacciones en la gente. ¿Qué tal si vamos yendo?

—¿Qué clase…?

—Alec, ¿dónde has estado? Me muero de hambre, pero mamá no quería que empezáramos a comer hasta que llegaras con tu cita —dijo Bianca, acercándose—. Y no está bien dejar que una embarazada pase hambre.

—Lo siento, Bianca —dijo y besó en la mejilla a su hermana—. ¿Os conocéis?

–Sí, nos presentaron antes. Me alegro de que hayas venido –dijo Bianca a Scarlet–. ¿Qué tal si nos acercamos al bufé?

Tomó del brazo a Scarlet y se acercaron a la mesa de la comida. Mientras las dos mujeres se marchaban, cayó en la cuenta de que lo mejor que podía hacer era quedarse relegado y dejar que su familia jugara su papel. Tal vez su amabilidad y candidez le ayudaran a convencerla de que no era un imbécil.

–Mamá me mataría si no te viera comer –oyó que decía Bianca.

En cuanto Bianca y Scarlet llegaron a la mesa del bufé, la mayoría de los asistentes dejaron sus conversaciones para ponerse en fila. Mo se quedó rezagado y Alec se unió a su hermano.

–¿Y?

–¿Qué?

–¿Has aclarado las cosas con ella? –preguntó Mo.

–¿En veinte minutos? Es un milagro que vuelvas a estar con Hadley. No tienes ni idea de mujeres –comentó Alec.

Mo le dio un puñetazo en el hombro un poco más fuerte de lo necesario, pero Alec sabía que su hermano seguía molesto por haber perdido el partido contra Bart.

–Creo que sé una cuantas cosas, Alec. Después de todo, uno de nosotros volverá a casa con la mujer que quiere y el otro…

–Seguirá tratando de comprender cómo ha metido la pata de esa manera. No sé qué tuvo de especial esa noche –dijo Alec–. No me escuches. Estoy cansado y tengo que irme a Seattle a primera hora de la mañana para reunirme con uno de mis clientes. Estoy un poco distraído con eso.

Mo sacudió la cabeza.

–No es el cansancio lo que te hace decir eso. Lo entiendo. Es difícil cuando metes la pata. Tardé tiempo en superar mi propia ira y darme cuenta de que tenía que cambiar si quería que Hadley volviera a mi vida.

–Pero sabías que quería volver contigo.

–No del todo –replicó Mo–. Ya te darás cuenta. Sé tú mismo y ya irás descubriendo lo que pasa. No es habitual que tus conquistas aparezcan por Cole´s Hill. Debe de haber vuelto por alguna razón.

¿Una razón?

Eso explicaba que estuviera tan fastidiado que ni siquiera se hubiera parado a pensar por qué había ido a buscarlo. ¿Tendría algún problema?

Era heredera de un imperio con su propio programa de televisión y un estilo de vida fuera de lo común. Dudaba que hubiera ido a buscarlo para que la ayudara a resolver un problema. Tal vez no había sido capaz de asumir que lo suyo había sido una aventura de una noche.

Cuando se hubo servido la comida en un plato, solo quedaba una silla libre en la mesa entre Scarlet y Hadley. Tomó asiento y reparó en la mujer que estaba sentada frente a él y a la que no conocía. Supuso que sería la secretaria de Scarlet. Llevaba la melena oscura recogida en una coleta y las gafas de sol en la cabeza.

Por su forma de mirarlo, no tuvo ninguna duda de que se trataba de una amiga de Scarlet. No hizo falta que adivinara lo que sentía hacia él.

–Soy Alejandro.

–Lo sé.

–¿Y usted se llama…

–Billie Sampson. He venido con Scarlet.

–Lo imaginaba. ¿Es de Nueva York?

Sabía que haciendo preguntas se conseguía que la persona con la que estaba hablando se relajara.

–No, soy de Maine.

–Tengo algunos negocios en Maine y tengo que planear una visita. ¿Podría recomendarme la mejor época para ir?

–Sí –contestó, pero no dijo nada más.

A punto estuvo de sonreír. Parecía una mujer perspicaz y estaba claro que no iba a ceder ni un ápice. Lo comprendía. Había mentido a su amiga. Se alegraba de que Scarlet tuviera a alguien como Billie en su vida.

Por lo que había leído en internet, su vida era un caos, pero por su relación con Billie y por la conversación previa que había tenido con Scarlet se daba cuenta de lo podo que sabía de la verdadera mujer.

Billie se volvió para hablar con Ferrin. Alec se llevó el tenedor a la boca antes de mirar a Scarlet, que estaba observándolo.

–Cuentas con una buena amiga –dijo Alec.

–Lo sé. Es difícil enfadarse con ella y mucho más ganársela.

–¿Como tú?

–Sí, como yo. Es solo que hay tanta gente que piensa que lo sabe todo sobre mí, que soy muy exigente con mis amigos.

–Me alegro de oír eso –dijo él.

Quería mostrarse relajado y simplemente charlar, pero él no era así. Él estaba acostumbrado a buscar respuestas, y por eso era tan bueno en su trabajo. Disfrutaba resolviendo problemas y ayudando a las empresas a optimizar su reputación digital y mejorar su imagen.

–Me alegro de que te alegres –dijo sonriendo.

–No se me da bien conversar.

–Claro que sí. ¿Qué tienes en mente?

–¿Por qué has venido a Cole´s Hill?

De repente palideció y se mordió el labio inferior, antes de arrugar la nariz y sacudir la cabeza.

–Todavía no estoy preparada para hablar de eso.

Así que había algo, pero ¿qué?

Scarlet lo pasó bien con la familia de Velasquez y sus amigos. Durante la comida, Alec soportó de buen agrado las burlas por hacerse pasar por Mo. Scarlet deseó poder reír también, pero todavía no era capaz.

Cuando acabaron de comer, Benito, el sobrino de Alec, y Penny, la hija de Kinley y Nate Caruthers, se empeñaron en montar en poni, así que el grupo bajó. Billie estaba entretenida hablando con Ferrin Caruthers, la hija del brillante entrenador de fútbol universitario Gainer.

–Eh, Scarlet, acércate –exclamó Hadley.

Se sentó al lado de Hadley, que estaba conversando con su hermana y su prometido.

–Bueno, supongo que tú y yo somos las únicas a las que no nos parece divertido que Mo y Alec se hagan pasar el uno por el otro.

–Sí. Entiendo que a su familia le resulte divertido, pero resulta algo estúpido, viniendo de dos adultos –comentó Scarlet.

–Estoy de acuerdo. ¿Sabes por qué lo hicieron?

–No. Alec me ha prometido contármelo en cuanto estemos a solas.

–Es culpa de Mo. No se sentía bien por culpa de una intoxicación, pero no quería faltar. Así que le pidió a Alejandro que recogiera el premio en su nombre y leyera el discurso que había preparado.

–Suena razonable contado de esa manera.

–Sí, así es. Claro que cuando vi la foto de vosotros dos besándoos, pensé que era Mo. Hemos tenido nuestras historias, y aquello nos trajo problemas. Una vez hablamos, entendí por qué lo hicieron, pero aun así me molestaba ver su nombre unido al tuyo en la prensa –dijo Hadley–. Creo… No puedo hablar por Alec, pero una vez se dio cuenta de que la foto estaba en todas partes, corrió a hablar con Mo para aclararlo. De todas formas, no creo que eso haga que mejore la opinión que tienes de él.

Scarlet se recostó en su silla y echó la cabeza hacia atrás para mirar al cielo. Hacía calor, y se sentía sudorosa y cansada. La explicación de Hadley sobre la mentira no la hizo sentir mejor. Estaba más confundida que nunca.

Alec debería haberle dicho algo aquella noche.

–Gracias por contármelo –dijo, al percatarse de que Hadley se había quedado a la espera de un comentario por su parte.

–No ha servido para nada, ¿verdad?

–No. Todavía estoy molesta.

–Yo también –dijo Hadley–. Medio pueblo piensa que perdoné a Mo después de haberse estado besando contigo.

–¿Creen que solo nos besamos?

–Probablemente piensan que hubo más, pero no presto atención. Lo que hay entre Mo y yo es complicado, porque nuestra relación es larga. Lo conozco muy bien. Le he visto triste, enfadado y compungido. Conmigo se comporta tal como es. No creo que Alec haya llegado a ese punto contigo.

–No –admitió Scarlet–. No sé si alguna vez lo hará.

–Si necesitas alguien con quien hablar, cuenta conmigo. Participo en un club de lectura en el Bull Pen los viernes por la noche, por si quieres unirte.

–¿Qué es el Bull Pen? ¿Qué libro estáis leyendo?

–Es un bar a las afueras de Cole's Hill. Y no leemos libros, es la excusa para que nuestras madres no vayan diciendo que salimos demasiado.

Scarlet sonrió al oír aquello.

–¿Quién más estará?

–Zuri y Belle, mis mejores amigas, y también Helena si su prometido, Malcolm, se queda trabajando hasta tarde –contestó Hadley–. Puedes pedirle a Billie que te acompañe.

–Le preguntaré si quiere venir. Mi amiga Siobahn también está aquí conmigo. Creo que ese club de lectura tuyo le gustará.

–Estupendo –dijo Hadley, y sacó su teléfono–. Dame tu número. Te mandaré un mensaje para que estemos en contacto.

Después de que le mandara el mensaje, Scarlet se dio cuenta de que estaba muerta de hambre. No había podido comer en el bufé porque no habían dejado de hacerle preguntas, además de porque sentía el estómago encogido. Pero en aquel momento tenía hambre.

–¿Sabes dónde puedo comer algo?

–Justamente iba para allá.

–Scarlet, ella es mi hermana Helena –dijo Hadley–. Helena, te presento a Scarlet O'Malley.

–Hola, me encanta tu programa. Y, si te soy sincera, eres más guapa en persona –comentó Helena.

–Gracias –replicó Scarlet–. ¿Tu novio juega en el equipo de los Velasquez?

–Sí, son amigos desde pequeños.

–Ha sobrado un montón de comida. Vamos, te enseñaré la cocina.

Siguió a Hadley y se encontraron a Bianca dando cuenta de un plato de enchiladas.

–Me habéis pillado –dijo Bianca–. En cuanto dé a luz me voy a poner a dieta, pero ahora mismo me da igual.

Hadley, Helena y Scarlet rieron mientras Bianca seguía comiendo. Scarlet aprovechó y se sirvió un plato.

Hadley salió de la cocina para atender una llamada, y Scarlet y Helena se sentaron al lado de Bianca y empezaron a comer. Scarlet estaba tan hambrienta que comió a toda prisa y enseguida empezó a sentir que la comida le subía a la garganta.

Miró a su alrededor en busca de un cuarto de baño y se levantó bruscamente de la silla. Trató de mostrarse tranquila consciente de que Bianca la estaba observando, y fue a salir de la cocina. Pero sabía que no iba a llegar a tiempo, así que corrió al fregadero y, nada más llegar, empezó a vomitar. Aquello fue lo peor. Se enjuagó la boca y se irguió, tomando el paño que Bianca le ofrecía mientras que Helena llenaba un vaso de agua.

–¿De cuánto estás? –preguntó Bianca.

–¿A qué te refieres?

–Supongo que ha sido el cerdo. A veces no me sienta bien, sobre todo cuando estoy con gente que no conozco –dijo Helena.

–No –intervino Scarlet–. Tienes razón. Estoy de seis semanas.

–Con razón estabas tan disgustada cuando descubriste que te había mentido.

–Sí, no estoy segura de si debería contárselo o no. Sé que no me conocéis, pero ¿os importaría que de momento esto quedara entre nosotras?

–Tienes mi palabra –dijo Bianca–. Y cuenta conmigo si necesitas hablar con alguien.

Scarlet asintió. No esperaba conocer mujeres como aquellas en Cole´s Hill. Ninguna de ellas parecía querer aprovecharse de sus conexiones sociales. Parecían aceptarla tal cual era.

Por primera vez en su vida, alguien dependía de ella, y no para cobrar un cheque ni para abrirse paso en sociedad, sino para algo mucho más importante. Necesitaba todo el apoyo emocional con el que pudiera contar mientras trataba de averiguar qué clase de hombre era Alec y si iba a ser un buen padre para su hijo.

Capítulo Cuatro

El día no iba como había planeado. Al sentir que alguien le tiraba de la chaqueta y volverse para ver que era Penny, su sobrina de cinco años, presintió que las sorpresas no habían acabado.

–¿Qué pasa? –preguntó poniéndose de cuclillas para ponerse a su altura.

–Tío, ¿las chicas pueden jugar al polo?

–Por supuesto –contestó–. ¿Por qué lo preguntas?

–Papá dice que no.

El polo era un deporte peligroso y tenía sentido que Nate no quisiera que su hija jugara, pero tenía la sensación de que Kinley se enfadaría si se enterara que Nate había dicho que las mujeres no podían jugar.

–Vamos a buscar a tu padre y le enseñaré las medidas de seguridad que existen –dijo Alec.

Se irguió, tomó la mano de Penny y se dirigió hacia donde estaban Nate y Kinley charlando con Bart y otros jugadores.

–Papá, el tío Alec dice que las chicas pueden jugar al polo –anunció Penny nada más unirse al grupo.

–¿Le dijiste que las mujeres no podían? –preguntó Kinley.

–No, no dije eso. Le dije que no podía jugar porque era peligroso. Incluso le enseñé un vídeo de Zaria jugando –contestó Nate y se inclinó para mirar a su hija a los ojos–. ¿Verdad?

–Sí, papá. Pero Beni sí puede jugar.

–Sus tíos le están enseñando y siempre monta con uno de ellos.

–Pero yo montó mejor –protestó Penny.

–Tal vez, pero de momento, esas son las reglas –dijo Nate, y la tomó en brazos antes de ponerse de pie.

–Me gustaría que montaras conmigo, Penny –intervino Alec.

–¿Puedo?

–Ya hablaremos de esto en casa –dijo Kinley.

Penny miró a Kinley haciendo pucheros.

–Has mentido acerca de lo que te dijo papá, jovencita. Ya sabes que eso tiene consecuencias.

–Lo siento, papá –dijo Penny.

Mientras los tres dejaban el grupo, Alec se dio cuenta de que Scarlet estaba observándolo. No se conocían. Daba igual que supiera que tenía una cicatriz al final de la espalda o que fuera incapaz de olvidar la sensación de su lengua en la boca cuando se habían besado. No se conocían.

Eran unos íntimos desconocidos.

Eso tenía que cambiar. Quería conocerla mejor y averiguar por qué estaba allí.

–Señoritas –dijo interrumpiendo al grupo de mujeres–. Scarlet, ¿te gustaría pasar conmigo el resto de la tarde? Así podremos hablar.

Billie se acercó y Scarlet le dio un abrazo a su amiga.

–Ve a casa. Nos veremos allí.

–De acuerdo, pero si cambias de idea, mándame un mensaje y vendré a buscarte.

Billie se fue, no sin antes lanzarle una mirada de advertencia a Alec.

–Creo que no le caigo bien.

–Sí, yo también lo creo –convino Scarlet–. Bueno, ¿qué tienes pensado?

–Puedo enseñarte el pueblo. La calle principal tiene unas tiendas únicas. O podemos ir hasta Árbol Verde, el rancho familiar. Le puedo pedir al ama de llaves que nos prepare algo de comer, y quedarnos en la piscina charlando.

–Eh, no sé…

–No quiero presionarte, pero tengo que ir a Seattle por la mañana para reunirme con un cliente y no volveré hasta el sábado. No sé hasta cuándo piensas quedarte. Si no hablamos hoy…

–He alquilado una casa una temporada. Después de conocer el pueblo, me pareció un buen sitio para invertir. Está creciendo rápido y no tengo ninguna propiedad en esta parte de Texas.

–Por supuesto que es un buen sitio para invertir.

Había algo acerca de su interés por comprar una propiedad allí que no sonaba sincero. No se la conocía por su gusto en pueblos. Era más de ciudades grandes y alfombras rojas, pero no quería hacerle preguntas. Se alegraba de que estuviera allí.

—Entonces, ¿te parece que vayamos a mi casa?

—Oh, no. Ni siquiera te conozco, Alec. La primera vez que nos vimos, me mentiste.

—Está bien. Es solo que pensaba que estaríamos más a gusto en un lugar privado para hablar y conocernos mejor. No quiero que te sientas incómoda. Metí la pata y quiero hacer lo que haga falta para arreglar las cosas.

—¿Dónde está tu casa? —preguntó ella—. Tienes razón que es preferible que vayamos a algún sitio donde podamos estar solos para hablar.

—Tengo una casa en la parte nueva del barrio Five Families. Acabo de reformarla.

—Me gustaría ver tu casa. La mía también está en Five Families.

—Es un barrio muy agradable, pero estoy seguro de que ya lo sabes.

—¿Quién fue tu agente inmobiliario?

—El prometido de Helena. Qué pequeño es el mundo, ¿verdad?

—Desde luego. Creo que estoy relacionado con todo el mundo de este pueblo, ya sea por sangre o por matrimonio —dijo Alec—. Y no solo mi familia. Las otras cinco familias también.

—¿Qué es eso de las cinco familias? —preguntó ella mientras se dirigían al coche.

Alec le abrió la puerta de su Maserati y la ayudó a entrar mientras le hablaba de los miembros de las cinco familias que habían fundado Cole´s Hill. Su antepasado Javier Velasquez tenía un rancho en la zona gracias a la concesión de tierras del rey español antes de que Jacob Cole, quien daba nombre al pueblo, se instalara allí con su hijastra Bejamina Little. Las otras tres familias eran los Caruther, cuyo antepasado Tully Caruther y su hermana Ethel habían construido la casa en donde estaba actualmente el club, los Abernathy y los Graham. Su antepasado había tenido una funeraria y sus descendientes habían convertido el viejo rancho de las afueras en una destilería.

Cole´s Hill tenía historia y encanto, y mientras recorrían el pueblo en el coche, vieron a familias paseando por sus calles. Quería eso para su hijo, ese tipo de vida tranquila. Alec, a pesar de haberle mentido, parecía un hombre decente después de todo.

La clase de hombre que incluso podía ser un buen padre. Pero ¿se estaba engañando? ¿Estaba viendo en él lo que quería? No quería correr riesgos en el futuro de su hijo. Alec Velasquez tenía que demostrarle qué clase de hombre era.

Alec se fue a dar instrucciones al ama de llaves para que les preparara algo de comer mientras Scarlet paseaba por la piscina. Al parecer, él tampoco había podido tomar nada durante la comida porque su familia no había dejado de hacerle preguntas. Se quitó las sandalias y caminó descalza sobre el suelo cálido. Luego, dejó en una mesa el sombrero que se había puesto para el partido de polo. Había un sofá y dos amplias butacas ante una chimenea de piedra, y un comedor bajo la sombra de unos enormes robles. La piscina era magnífica, con una zona escalonada y un jacuzzi en un extremo.

El jardín era exuberante y parecía un paraíso en el corazón del sur de Texas. No sabía qué esperar de Alec. Recordó la explicación de Hadley, que Mauricio estaba indispuesto. Quería creer que era verdad, pero seguía dolida. Eso no justificaba por qué Alec no se había sincerado después de haber estado juntos.

Era una muestra más de que el destino se estaba riendo de ella. Sabía que estaba siendo melodramática, pero, al fin y al cabo, se había quedado embarazada de un desconocido en una ciudad en la que solo conocía a dos personas. Eso lo justificaba todo.

Solía ir en pos de sus caprichos y, aunque Tara le había dicho que era lo mismo que seguir su intuición, Scarlet nunca se lo había creído. Siempre tenía la sensación de que iba de una situación extrema a otra.

La tranquilidad de aquel patio era extraña. Había demasiada calma. Necesitaba oír bocinas, la música de su vecino DJ probando nuevos ritmos o incluso la voz de Billie hablando en voz alta.

Si su intención al haber ido a Cole´s Hill era encontrar a alguien que le ayudara a decidir qué hacer en su situación, estaba bastante segura de que el indicado era Alec.

«No busques respuestas si no vas a escuchar», se dijo, recordando las palabras de Tara.

Sacudió la cabeza. No estaba de humor para ser razonable.

Le sería más fácil ver algún signo de depravación en Alec, o cualquier cosa que le hiciera enfadarse con él para marcharse y tomar ella sola una decisión sobre el bebé.

Miró a su alrededor. Alec tenía una casa muy bonita. Era el tipo de casa con el que siempre había soñado de niña.

—Ya está resuelto el tema de la comida. Lo siento, pero cuando tengo hambre me pongo insoportable y no quiero darte una razón más para que pienses que soy un imbécil.

Se volvió para mirarlo y vio que se había quitado la chaqueta y subido las mangas, dejando al descubierto su fuertes brazos y su reloj inteligente. Sabía que se dedicaba a la tecnología y Billie pensaba que era uno de los mejores en su campo, pero no le importaba. Había conocido hombres que figuraban en la lista *Forbes*, pero que moralmente eran despreciables. Aunque le tranquilizaba que no fuera tras su dinero, tampoco le preocupaba.

¿Qué clase de hombre era? ¿Podía confiar en él como para tener un hijo?

—Estupendo —dijo Scarlet y fue a sentarse en el balancín que miraba hacia el paseo de sauces—. Creo que ya no nos queda otra cosa más que hablar.

—Desde luego —replicó él acercándose—. ¿Puedo sentarme contigo?

—Sí.

El balancín se hundió un poco al sentarse Alec en el banco de madera. Luego se recostó y apoyó el brazo estirado sobre el respaldo. Sus dedos quedaron cerca de la nuca de Scarlet, pero no la rozó. Aun así, era consciente de lo cerca que estaba su mano.

Recordó cómo había acariciado su cuello la noche de los premios. Se había inclinado hacia ella para hacerle un comentario acerca de uno de sus compañeros de mesa que no paraba de contar que había comprado un Maserati directamente de la fábrica.

Se volvió para evitar su roce. Necesitaba concentrarse, pero enseguida se dio cuenta de que estaban cara a cara. Se le veía relajado y empezó a mecer el balancín. Se había quitado las gafas de sol. Al mirarlo a sus ojos marrones, por fin comprendió por qué deseaba tan desesperadamente descubrir algo desagradable en Alejandro.

Le gustaba.

O, siendo exactos, le gustaba lo que veía y eso le atraía. Además, se le veía relajado. Excepto por el momento en que se había mostrado sorprendido al verlo en el partido de polo, le había visto calmado e imperturbable.

Se preguntó si seguiría manteniendo aquella calma si supiera que la noche que habían pasado juntos había traído unas consecuencias que ninguno de los dos esperaba.

Alec no acababa de sentirse cómodo con Scarlet. Echando la vista atrás, a la noche en que se habían conocido, tenía que reconocer que se había comportado con naturalidad, convencido de que no volvería a verla. No había sentido la necesidad de impresionarla ni de fingir ser alguien que no era. Por una noche, no había tenido que preocuparse de que se le dieran mal las relaciones. Había sido él mismo, y ahí estaba la ironía, que se había hecho pasar por su hermano.

Ahora que estaba de vuelta en casa, le costaba relajarse. En parte era porque la veía más guapa que la última vez que la había visto. La deseaba y cada inspiración le recordaba el olor de su perfume, que aún tenía impregnado en su piel.

–Creo que debería empezar contándote por qué me hice pasar por mi hermano.

La verdad era siempre un buen comienzo. Aplicaba los mismos principios en los negocios y en su vida personal. Dejar las cosas claras desde el principio le ayudaba a dilucidar qué pasos debía tomar para resolver los problemas.

–Hadley me ha explicado que Mauricio no se encontraba bien y le echaste una mano. Ninguna de las dos se explicaba cómo era posible que dos hombres adultos se hicieran pasar el uno por el otro.

Por su tono, era evidente que estaba molesta, y no podía culparla.

–Como fue una cosa de última hora, me pareció más sencillo recoger el premio que le otorgaban sin dar más explicaciones –dijo por fin.

Había sido lo más fácil. Así no había tenido que hablar de su compañía ni de su trabajo. Hacerse pasar por Mo había sido como ir disfrazado. Su hermano era conocido por su afabilidad, así que había sido una oportunidad para bajar la guardia.

De hecho, Scarlet no se habría fijado en él si hubiera sido él mismo.

–Eso lo entiendo, pero ¿por qué no me lo contaste a mí?

Alec respiró hondo y desvió la vista hacia la piscina. Se quedó contemplando el reflejo del sol en el agua y se tomó unos segundos antes de contestar.

–Tampoco se me ocurrió contarlo después de la cena. No esperaba que surgiera algo entre nosotros, y cuando me di cuenta de que no sabías quién era de verdad, pensé que sería ridículo contártelo.

–¿Por qué ridículo? –preguntó ella–. ¿Porque no era más que un ligue de una noche?

No, pero no quería decirle la verdad, que había empezado a gustarle y no había querido decepcionarla.

–Para ser sincero, aquella noche no me paré

a pensar y no fue hasta que estuvimos en tu hotel que... Lo siento. Debería habértelo dicho en cuanto las cosas empezaron a ir demasiado lejos entre nosotros.

Scarlet arqueó la ceja y se cruzó de brazos. Sus pechos parecían más generosos de lo que recordaba de aquella noche.

–Sí, deberías habérmelo dicho. ¿Por qué no me llamaste al día siguiente?

–Estuve muy ocupado tratando de evitar que mi hermano me matara. Después, ya te habías ido del hotel y no me parecía bien decírtelo en un correo electrónico.

Scarlet se quedó callada y volvió a ponerse las gafas de sol. Al moverse en el balancín, Alec sintió el roce de su pelo en la mano. Deseaba poder dar marcha atrás en el tiempo y haber sido sincero desde el principio. Estaba hecho un lío. No se conocían y estaba enfadada con él, algo por lo que no podía culparla.

Era un desastre para las relaciones personales. Era capaz de impresionar a cualquiera por videoconferencia o por internet delante de un ordenador, pero las relaciones cara a cara siempre acababa estropeándolas.

–Tengo algo que decirte –dijo ella.

–Muy bien.

–Es algo que no te va a gustar oír, pero que tienes que saber. ¿Qué sabes de mi familia?

Sabía lo que había leído en internet. Había hecho una búsqueda más detenida, pero no había tenido tiempo para leer lo que había encontrado. De todas formas, prefería que fuera ella la que le hablara de su familia que tener que leerlo en internet.

–Algo. Sé que formas parte de la familia propietaria de las cervezas O´Malley y que tenéis intereses en bancos de aquí y de Europa. Creo que tienes una hermana…

–Tenía. Murió hace año y medio.

–Lo siento.

–Gracias. ¿Has oído hablar de mi padre?

Alec se encogió de hombros. No sabía qué clase de relación tenía con su padre, pero no iba a decirle que le parecía un tipo inmaduro y egoísta por lo que había leído en la prensa. Sabía que iba por su cuarto o quinto matrimonio y estaba seguro de haber leído en alguna parte que la última señora O´Malley tenía dieciocho años.

–Está bien, puedes decirlo. Tiene fijación por las mujeres jóvenes –dijo Scarlet–. Mi familia no es como la tuya, Alejandro. Crecí entre niñeras y colegios internos. Estoy acostumbrada a hacerlo todo sola y arreglármelas por mi cuenta.

Alec no sabía a dónde quería ir a parar.

–A veces odiaba tener un hermano gemelo.

–Puedo imaginármelo. En tu familia parecen disfrutar metiéndose unos y otros en la vida de los demás.

–Eso es cierto.

—Seguro que te estás preguntando por qué he sacado el tema de la familia, pero es que no sé cómo contarte esto —dijo, y al ver la expresión de su cara, Alec se preparó para lo peor—. Estoy embarazada y no tengo una familia acogedora. Pensaba que el hombre con el que me había acostado había recibido un premio por su labor humanitaria y que podría ser un buen padre. Pero ahora, no estoy tan segura.

Alec puso el pie en el suelo, deteniendo bruscamente el movimiento del balancín, y la miró dudando de si la había oído bien. ¿Embarazada? No estaba preparado para ser padre. Ni siquiera conocía a Scarlet. Quería conocerla mejor, pero... ¿un bebé?

¿Su bebé?

Alguien como su querido sobrino Benito, un niño con lo mejor de ambos.

¡Un bebé!

—¿Estás segura? —preguntó.

—¿Estaría aquí si no lo estuviera?

—No, supongo que no. Yo... Nunca había pensado en tener hijos. De hecho, solo nos hemos acostado una vez. ¿Estás segura de que es mío?

Capítulo Cinco

¿Estaba segura de que era suyo?

¿Qué demonios…?

¿De veras pensaba que había ido a Texas para atraparlo?

—Nunca me he sentido más insultada.

—Tienes razón, pero tú misma has dicho que no nos conocemos.

Tenía sentido que dudara, pero se había enfrentado a un montón de obstáculos y por una vez quería dar con un hombre dispuesto a dar un paso al frente y no a salir huyendo. Sacudió la cabeza.

—No tengo una prueba de ADN en el bolsillo, pero estoy dispuesta a hacérmela. Es extraño que pienses que de todos los hombres que conozco te eligiera a ti para darte la noticia si no estuviera completamente segura.

Alec se recostó en el respaldo del balancín. Scarlet advirtió la tensión de su mentón y se preparó para un arrebato de ira. Había leído que su gemelo era conocido por su mal humor y su incapacidad para controlarlo.

—Tienes razón. Ni siquiera viniste a verme, ¿verdad? —dijo él apartándose unos pasos del balancín.

Puso los brazos en jarras y se quedó con la mirada perdida. Scarlet notó que tenía la cabeza ligeramente inclinada.

De repente se dio cuenta de que no había sido delicada al referirse a la paternidad del bebé, pero era una cuestión candente. Se levantó, se acercó a él y puso la mano en la parte baja de su espalda.

–A muchos periodistas les gusta describirme como una copia de mi padre, alguien sexualmente insaciable, que no para de saltar de cama en cama. No puedo hacer nada por evitarlo y me molesta. Lo cierto es que mi reacción cuando supe que estaba embarazada fue muy parecida a la tuya. Solo lo hicimos una vez. Pero como dice mi médico, con una vez basta.

–Sí, lo sé, no pretendía insultarte –dijo Alec, y se volvió para mirarla–. Parece que te debo otra disculpa.

–Disculpa aceptada.

No esperaba que fuera tan modesto y sincero.

–Alec, ¿os apetece algo de comer? –preguntó el ama de llaves.

–¿Tienes hambre?

–No, pero si tú quieres comer, adelante.

–Siempre como algo después de los partidos –explicó–. Rosa, por favor, sírvenos la comida aquí fuera.

Rosa sonrió y dejó la bandeja en la mesa que había bajo los árboles. Luego, Alec le dijo que se tomara el resto de la tarde libre.

–Le pedí a Rosa que nos trajera unas cervezas Lone Star, de la marca O´Malley. Ahora me doy cuenta de que quizá prefieras agua o algún zumo.

–Agua está bien.

Le indicó que se sentara a la mesa y después se fue a la barra y abrió la pequeña nevera.

Al sentarse, Scarlet pensó que aquel asunto del embarazo era mucho más complicado de lo que había pensado. Era evidente que la prioridad era que el niño tuviera un padre que lo amase y que lo antepusiese a todo lo demás, pero había otras cosas en las que no había pensado.

No se le había pasado por la cabeza que pudiera creer que le estaba mintiendo acerca de que él era el padre. Era lógico que desconfiara, pero eso suscitaba más preguntas. Tenía que ser cuidadosa cuando se hiciera la prueba. No estaba preparada para que su embarazo se hiciera público, al menos hasta que no supiera lo que iba a hacer. Los tabloides disfrutarían con la historia.

No quería que su hijo creciera a la sombra de los errores y tragedias que habían reinado en su vida. Quería un entorno de protección para el niño, la clase de infancia que solo un sitio como Cole´s Hill y una familia como los Velasquez podía darle.

Quería que su bebé tuviera la clase de familia que Alec parecía tener. Pero sabía por experiencia que las apariencias podían engañar.

–Estás muy meditabunda.

–Vaya. No suelen describirme con esas palabras.

–Supongo que estás acostumbrada a que digan que eres sexy, glamurosa, atrevida –dijo él.

Scarlet se encogió de hombros. Había cultivado una imagen y un estilo de vida para llenar el vacío dejado tras la muerte de su madre y el distanciamiento de su padre.

–Quizá. ¿Cómo te describes tú, Alec?

Había llegado el momento de dejar de dar vueltas a lo que sabía, que no estaba preparada para ser madre, y averiguar si Alec tenía cualidades para ser un buen padre.

–Me gustaría decir que soy peligroso, sexy y… Pero sinceramente, soy fiable, tenaz, soy incapaz de dejar pasar las cosas. Además, según mis hermanos, soy un mal perdedor.

Scarlet rio.

–Yo también. No le veo sentido a fingir que no me importa perder. Si salgo a competir es para ganar.

Alec asintió, descubrió la bandeja y sacó un cuenco de nachos.

–¿Te importa si como? ¿Estás segura de que no quieres nada?

–Anda, come, no quiero que te pongas insoportable –dijo ella–. Estoy bien.

No quería precipitarse al juzgarlo porque había mucho de él que desconocía. Pero estaba siendo sincero con ella y, después de la gran mentira con la que había dado comienzo su relación, por llamarlo de alguna manera, era lo que tenía que hacer.

Siguieron charlando, intercambiando opiniones sobre libros, música, series y películas. Alec lo conseguía todo en formato digital, a través de aplicaciones.

–Pero en casa tengo una biblioteca –añadió–. Aunque prefiero la comodidad de las aplicaciones, me gusta ver los libros en las estanterías.

A ella también. Le sorprendía lo mucho que tenían en común. Eso alimentaba la esperanza de que tal vez fuera él la solución que había estado buscando.

–¿Qué más prefieres?

–No haberte mentido.

–Yo también. Me gustaría conocer mejor este sitio.

–Ya he acabado aquí –dijo él–. Vamos.

Le tendió la mano y cuando Scarlet se la tomó, un escalofrío le recorrió el brazo. Quería ser prudente con Alec y preocuparse tan solo del bebé. Pero seguía gustándole y aún lo deseaba.

Cuando acabó de comer, Alec la llevó a dar un paseo por los jardines. Tenía tantas cosas en la cabeza que le era imposible concentrarse.

Nunca había sido tan descuidado en su vida, pero había algo en Scarlet muy diferente a cualquier otra mujer. Había surgido una chispa desde el primer momento en que la había conocido en la gala y no se había apagado en todo ese tiempo.

–Scarlet no es un nombre típico irlandés, ¿verdad? –le preguntó mientras avanzaban por una senda de rosales en plena floración.

–No. Mi madre eligió nuestros nombres. Le encantaba *Lo que el viento se llevó*. Le gustaba la fuerza de las mujeres de la película y quería que mi hermana y yo tuviéramos esa misma fuerza. Así que le puso a Tara el nombre de la plantación y a mí me llamó así por Scarlet O´Hara. Nunca le cayó bien Melanie, así que no lo consideró una opción.

–Eso me gusta. Nunca he leído *Lo que el viento se llevó*.

Scarlet sacudió la cabeza y su larga melena rubia le rozó los hombros mientras le sonreía.

–Yo tampoco, pero he visto la película muchas veces.

De repente, la sonrisa desapareció de sus labios y Alec se dio cuenta de que había algo más en aquella historia. ¿Debería insistir o dejarlo estar? Quería saber más, pero lo cierto era que estaba disfrutando de no estar en constante conflicto con ella. No quería tener que pedirle perdón otra vez.

–A mis hermanos y a mí nos pusieron nombres de nuestros antepasados.

–Eso es bonito –dijo, y sin dejar pasar un segundo más, añadió–: ¿Qué vamos a hacer con este bebé?

¿Estaba intentando averiguar qué clase de hombre era antes de incluirle en su vida y en la del bebé? ¿O acaso estaba dando demasiada importancia a las palabras que había escogido?

–No lo sé. Si no te parece mal, podemos hacer un análisis de ADN.

–No me opongo. De hecho, eso gustará a mis abogados. No tengo que volver a grabar mi programa hasta finales de octubre. Me gustaría que no se supiera nada hasta entonces.

–Me parece bien. Por la mañana tengo que ir a la costa oeste. Hay algo que no puedo posponer. ¿Estarás aquí cuando vuelva? No me importa ir a Nueva York para verte. Mauricio y Hadley tienen una casa que pueden prestarme.

–Creo que de momento me quedaré aquí.

–Te dejaré los teléfonos de mi hermana y de Hadley para que no estés sola.

–Billie y otra amiga están aquí conmigo, y Hadley ya me ha dado su número –dijo ella.

–Eso está bien.

Scarlet se dio cuenta de que estaba repasando algo mentalmente. Había pasado de estar relajado a adoptar una actitud profesional. Era algo interesante de presenciar.

–También me ha invitado al club de lectura que tiene con Hadley y su hermana, así que estoy deseando participar.

–¿Club de lectura? ¿Sabes que van a un bar a tomar algo, verdad?

–Sí.

No dijo nada más y esperó a ver si le decía que no fuera.

–Supongo que suena un poco prejuicioso.

–Sí, un poco. Si hay algo que deberías saber de mí, Alec, es que no soy estúpida. Represento un papel en mi programa y en las redes sociales, pero realmente no soy así.

–Lo entiendo. Me dedico a limpiar la reputación digital de grandes compañías y de personas conocidas que se juegan mucho si su imagen no cumple con las expectativas que se tiene de ellos –explicó–. Nunca he pensado que fueras estúpida, Scarlet.

–¿Qué piensas de mí? –preguntó ella–. Sé que te he sorprendido al haber venido aquí, pero más allá de eso, no sé qué piensas.

–Esa pregunta es tendenciosa.

Se detuvo en medio del paseo de sauces y se volvió para mirarla.

El olor a jazmines era intenso. Scarlet reparó en que las ramas que había sobre sus cabezas estaban entrelazadas.

–¿Ah, sí?

–Sí –respondió él.

Teniéndolo tan cerca no pudo evitar reparar en la sombra de la barba de sus mejillas, lo que hizo que su atención se desviara a su boca. Tenía unos labios gruesos y firmes. Conocía lo que se sentía apretados contra los suyos. Sintió una oleada de deseo y parpadeó repetidamente a la vez que daba uno paso atrás.

No había ido allí para volver a revolcarse con él.

Era el padre de su hijo y ya era bastante complicado. Pero nunca había renunciado a lo que quería, y lo cierto era que deseaba a Alec Velasquez.

Le puso la mano en el pecho y deslizó el dedo sobre la piel que asomaba por los botones que llevaba abiertos. Al rozar su cadena de oro, tiró de ella para ver la medalla. No la llevaba la noche en que se habían conocido.

–Cuéntame qué estás pensando, Alejandro –dijo suavemente, reconociendo el deseo en su propia voz.

Puso su mano sobre la de ella y la apretó contra su pecho. Luego, inclinó la cabeza hacia un lado y, sin perder contacto visual, acercó su boca a la suya.

–Estoy pensando que si no te beso, me muero –admitió.

A continuación rozó sus labios a la vez que enredaba la mano en su melena.

Ella suspiró. Aquello era lo que tanto había deseado y tenía que reconocer que había merecido la pena.

La tensión que lo había acompañado desde que la había visto aquella mañana en el partido de polo por fin estaba disminuyendo. La sujetó suavemente por el cuello y recordó que estaba embarazada y que aquel beso podía ser el comienzo de algo más.

Era difícil contenerse y no dejarse arrastrar por su deseo por ella porque aquel beso le había abierto sus ansias de más. Deseaba tomarla en brazos y llevársela al dormitorio.

Los recuerdos de aquella noche que habían pasado juntos volvían a dar vueltas en su cabeza y, al volver a tocarla, de nuevo quería más. Pero estaba decidido a que la suya fuera una relación casual y sin compromisos. No sabía qué les deparaba el futuro y lo cierto era que no debería estar besándola.

Pero le había provocado y nunca se negaba aquello que deseaba.

Además, le gustaba tanto su sabor que nada de eso le importaba. Abrió la boca junto a la suya y sus lenguas se encontraron. Ella suspiró y lo atrajo hacia ella por la cintura. No pudo evitar estrechar su cuerpo contra el de ella. Aquel simple beso estaba dando paso a algo ardiente y apasionado.

Su erección creció y ahuecó las caderas para que no lo sintiera. Pero Scarlet tiró de él por la cintura, frotándose contra él, y no pudo evitar empujarla. Ella dejó escapar un jadeó y ladeó la cabeza para que el beso se volviera más intenso.

Alec tomó lo que le ofrecía. No había dejado de revivir cada instante de la noche que habían pasado juntos y estaba deseando volver a estar entre sus brazos.

Era complicado, pero nada le importaba teniéndola en sus brazos. Le acarició la nuca y sintió cómo se estremecía al rodearlo por la cintura y aferrarse a su trasero, atrayéndolo hacia ella. Luego, lo abrazó con una pierna por las caderas. Él jadeó y su erección se puso aún más dura, algo que parecía imposible.

Se frotó contra ella sin dejar de besarla. Era consciente de que lo más prudente era deshacer el abrazo y separarse. Iba a marcharse por la mañana. No podía acostarse con ella otra vez y después marcharse. Sería sentar un mal precedente, pero tampoco quería retroceder.

Se apartó y acarició sus labios con los suyos una última vez antes de romper todo contacto.

—Haces que me olvide de todo, incluso de mi nombre.

Ella sacudió la cabeza.

—Dudo que un beso tenga un efecto tan poderoso en ti.

La tomó de la mano y se la llevó a su miembro erecto.

—Mira lo que me provocas —dijo.

Scarlet lo acarició por encima de los pantalones mientras lo miraba a los ojos.

—Ya veo.

No era fácil hablar de aquello. Estaba abrumado por el deseo de penetrarla, pero no quería que se sintiera obligada. De pronto sintió que le bajaba lentamente la cremallera de los pantalones y le deslizaba la mano por debajo de la bragueta.

Era imposible dar marcha atrás. La levantó del suelo y ella lo rodeó con las piernas por las caderas mientras la llevaba a una gran hamaca a la sombra, junto a la piscina. Luego se sentó y dejó que se colocara a horcajadas sobre su regazo. Scarlet hundió las manos en su pelo y atrajo su boca a la suya.

Sabía mejor de lo que recordaba. Deseaba desesperadamente sentirlo dentro. Su boca, aquellos labios tan perfectos, su sabor… Era adictivo, pero podía controlarse.

Volvió a besarlo, esta vez más profundamente que antes, y comenzó a mover las caderas frotándose contra la punta de su erección. Era una sensación muy agradable.

Levantó la cabeza y vio que Alec tenía los ojos entornados. Le acarició la mejilla y al sentir su barba incipiente, se estremeció y volvió a unir su boca a la suya.

No quería dejar de besarlo. Recordó cómo había sido el sexo y lo duro que le había resultado despertarse sola y saber que nunca más volvería a tenerlo.

Ahora volvía a estar con él y, en cuestión de horas, volvía a estar sentada a horcajadas sobre él, besándolo, incapaz de saciarse.

Adicción. Aquella palabra no dejaba de repetirse en su cabeza. Se levantó y se apartó de él. Ella no era como su hermana ni como su madre. Ella siempre había controlado sus deseos. Hasta ahora, hasta que había conocido a Alejandro Velasquez.

Se llevó la mano a la boca y se volvió sin decir nada. Oía su respiración pesada y al cabo de unos segundos, oyó que se subía la cremallera.

–Tengo que irme. Que tengas buen viaje –dijo ella.

–Puedo llevarte a casa.

–No hace falta.

–Sí. Estamos a finales de julio y esto es Texas, y a pesar de lo que pienses soy un caballero. Es lo menos que puedo hacer.

Ella asintió y fue a buscar sus zapatos. De camino al coche, ninguno de los dos comentó nada de lo que había pasado. Scarlet se bajó en cuanto Alec detuvo el coche frente a su casa.

No se volvió para mirar, pero tampoco tuvo que hacerlo para recordar la pasión que había visto en su cara un rato antes. Sabía que mantenerse alejada de él iba a ser lo más difícil que hubiera hecho jamás.

Capítulo Seis

Scarlet necesitaba salir y rodearse de gente que la tuviera por la altiva heredera. Alec le había hecho recordar muchas de las cosas que prefería ignorar, como lo mucho que lo había echado de menos y, sobre todo, lo que se sentía al conectar con alguien.

–¿Billie? ¿Siobahn?

Su perro salchicha llegó corriendo al vestíbulo y se agachó para tomarla en brazos. Lulu se acurrucó contra su cuello como tanto le gustaba hacer y Scarlet le acarició el lomo. Nada más dejar a su mascota en el suelo, el animal se fue a la cocina. Lo siguió y se encontró a Siobahn sentada en la encimera, con los hombros hundidos y la vista en la pantalla de su teléfono.

–¿Siobahn, estás bien?

–Sí, estoy bien. No puedo creer esto. Dicen que va a ser la boda del siglo –dijo sin levantar la mirada de la pantalla.

Scarlet se acercó, le quitó el teléfono a su amiga y lo dejó detrás de ella, en la encimera.

–Como mucho, será la boda más hortera del mundo.

Siobahn sonrió.

–Todo rosa y recargado.

–Seguro. Esa mujer tiene obsesión por el tul.

–Ni que lo digas –replicó Siobahn–. ¿Dónde has estado?

Scarlet tomó dos botellas de agua de la nevera y le ofreció una a su amiga.

–He estado con ese tipo con el que me lié en Houston.

–¿El tal Mauricio?

–Resulta que era Alejandro, su hermano gemelo.

–Qué interesante –dijo Siobahn.

Se sentó en el banco del comedor del desayuno y dio unas palmaditas a su lado. Scarlet se acercó y se sentó al lado de su amiga, apoyó los codos en la mesa de madera y se puso a juguetear con la botella de agua.

–¿Es por él por lo que estamos en este pueblo que nadie conoce?

–Necesitabas salir de la ciudad –respondió Scarlet–. Pero sí.

No le gustaba ser egoísta y que pareciera que hacía las cosas en su propio interés.

–Tienes razón, necesitaba tomarme un respiro –convino Siobahn–. Cuéntame qué pasa con ese tipo.

–Estoy embarazada –dijo sin más preámbulo.

No le resultaba fácil contarlo. No pudo evitar preguntarse si se seguiría sintiendo aquella extraña sensación cuando su hijo tuviera treinta años.

–¿Qué? Pensé que tenías cuidado.

–Y así es, pero se me acabaron las pastillas. Pensé que no pasaría nada porque hacía mucho que tomaba la píldora y nunca he ido por ahí acostándome con cualquiera.

–¿Y él no usó preservativo?

–Sí, bueno, una de las veces.

–¿Por qué me lo estás contando ahora? –preguntó Siobahn–. Parece que pasasteis una noche increíble.

–Así es –admitió–. Claro que por la mañana se había ido y decidí olvidarlo. Nunca me ha gustado atarme, pero esto…

Bajó la vista y se miró. ¿Cómo había pasado aquello? ¿Por qué en aquel momento?

–¿Por qué se fue?

–Resulta que se estaba haciendo pasar por su hermano, que tenía novia, y tuvo que volver a Cole´s Hill para aclararles lo que había pasado –explicó Scarlet.

Siobahn la miró.

–¿En serio?

–Sí –contestó Scarlet.

Bebió un sorbo largo de agua y deseó que fuera algo más fuerte. Le habría gustado emborracharse y olvidarse de todo lo que estaba pasando en su vida en aquel momento.

–¿Sabes? Me estás haciendo sentir mejor –dijo su amiga, rodeándola por los hombros.

–Ese era mi objetivo –bromeó Scarlet.

Siobahn sonrió.

—¿Tenemos un gusto pésimo para los hombres o es que ha bajado el nivel de los que hay disponibles?

—Tal vez sea el karma.

—Tal vez —admitió Siobahn—. Estaría bien que el universo nos hubiera dado carta blanca para compensar todas las tonterías que hemos hecho por ingenuas.

—Estaría bien, pero supongo que las cosas no funcionan de esa manera.

—¿Qué vas a hacer con el bebé? —preguntó Siobahn mirándola con aquellos ojos que la habían ayudado a hacerse famosa.

—No lo sé. Ya sabes que los O´Malley no son buenos padres. No ha habido ninguno que no haya sido un desastre con sus hijos —dijo Scarlet.

—Sí, pero tú eres…

—Por favor, no digas diferente. No lo soy. Es solo que se me da mejor ocultar mi lado más feo y egoísta.

—Sea lo que sea que decidas, te apoyo —dijo Siobahn—. ¿Y qué me dices de Mau…, digo Alejandro? ¿Le has contado que esperas un bebé?

—Sí, se lo he dicho, pero no sé qué tiene en la cabeza. Quiere que me haga una prueba de ADN.

—¿No te cree?

—El karma. Me he acostado con muchos hombres —admitió Scarlet.

—Sí, pero ¿para qué ibas a querer atraparlo?

–Es lo que le he dicho. Y una vez que se dio cuenta de que de verdad no sabía quién era cuando vine a este pueblo, lo admitió. Voy a hacérmelo. Necesito hacerlo por mis abogados, pero más allá de eso… Esperaba que fuera un tipo decente dispuesto a criar al niño.

–Buena idea –dijo Siobahn–. Dejando a un lado que se hiciera pasar por su hermano, ¿es un buen tipo?

Esa era la pregunta del millón. Se encogió de hombros y, por suerte, Billie apareció antes de que tuviera que contestar alguna pregunta más de Siobahn.

–¿Estáis bien? –preguntó Billie.

Scarlet asintió, aunque no estaba bien. Estaba embarazada y el padre de su hijo no era quien pensaba. Pero tampoco era una mala persona. No sabía qué iba a hacer, pero al menos contaba con sus amigas para distraerse.

Pasaron la tarde jugando a un juego de preguntas y respuestas, sin volver a hablar de su embarazo. Pero cuando se fue a la cama, lo único en lo que pudo pensar fue en lo bien que se había sentido en brazos de Alec.

Helena no dejó de sonreír hasta que se metió en el coche con Malcolm. No podía dejar de pensar en Scarlet y en cómo alguien que parecía tenerlo todo luchaba por superar sus problemas.

Era la prueba de que nada en la vida era fácil. Había disfrutado viendo el partido de polo con su hermana y sus amigas, pero no se le había pasado por alto que su prometido había estado evitándola casi todo el tiempo.

Había notado que estaba perdiendo peso. Había pensado que estaba dando los pasos para superar su adicción al juego, pero sabía que estaba escondiéndole algo otra vez. Hacía calor en el coche y Malcolm encendió el aire acondicionado nada más subirse.

–Hemos pasado un buen día –dijo Malcolm poniendo en marcha el coche.

Salieron del aparcamiento del campo de polo, que ya estaba prácticamente vacío. Cuando los partidos eran en sábado, se quedaban de fiesta hasta altas horas de la noche. Pero en domingo, no.

La mayoría de los habitantes de Cole´s Hill eran granjeros que tenían que madrugar para cuidar del ganado. Incluso Helena tenía que levantarse temprano al día siguiente. Tenía que llevar a Houston los libros de contabilidad de uno de sus clientes para que los auditara una firma independiente. Era simple rutina, pero no le apetecía conducir en hora punta. Sabía que durante el trayecto, tendría tiempo para pensar en Malcolm y en lo que le estaba pasando.

Respiró hondo. No podía comportarse como si nada estuviera ocurriendo.

–¿De veras? Me ha dado la impresión de que cada vez que me acercaba a un grupo en el que estabas, desaparecías. ¿Qué pasa?

–Helena, no pasa nada –contestó él.

Había cierto retintín en su voz, ese que empezaba a serle familiar desde su fiesta de compromiso. Habían tenido varias semanas de relativa tranquilidad después de que él confesara su problema con el juego y cómo se había excedido con los gastos para impresionarla.

–Entonces, dime de qué se trata. Detén el coche y cuéntamelo. No puedo volver a pasar por esto, Malcolm. Por muy humillante que pueda resultar cancelar la boda, estoy dispuesta a hacerlo si no hay comunicación entre nosotros.

Malcolm maldijo entre dientes y puso el intermitente para salir al arcén y detener el coche.

–Ya he parado –dijo irritado.

Estaba enfadado y ella también.

–No es una amenaza hueca ni pretendo manipularte, Malcolm. Si la idea de casarnos te agobia, sigamos viviendo juntos. Si es otra cosa, cuéntamelo. Entre dos se resuelven mejor los problemas, ¿no?

Se volvió para mirarla y Helena vio tanta confusión en su expresión que sintió pena por él. También por ella misma. Aquel era el hombre que amaba y quería tener la boda perfecta antes de iniciar una vida larga a su lado. No quería poner fin a lo suyo, y no por ego, sino porque aquel era el hombre que quería. Con todos sus problemas y temores, seguía siendo el dueño de su corazón.

–De acuerdo, Helena, lo estoy pasando mal. Me está resultando más difícil de lo que pensaba dejar las apuestas. No dejo de pensar en el dinero que hemos reunido para nuestra boda y en cómo podría duplicarlo, aunque sé que no debo hacerlo. Sé que una sola apuesta no sería suficiente y que no hay nada seguro, pero a la vez me despierto de madrugada y empiezo a pensar en formas de aumentar nuestros ahorros haciendo apuestas.

Ella suspiró.

–Soy consciente de que no es fácil para ti. ¿Crees que ayudaría en algo que preparara un análisis de gastos?

A ella le vendría bien, claro que era contable y le gustaba estudiar hojas de cálculo y ver así cómo sus inversiones crecerían. Eso siempre le daba tranquilidad.

Malcolm esbozó una sonrisa sincera y Helena sintió que el amor que sentía por él aumentaba.

–No, cariño, no creo que sirva para nada una hoja de cálculo, pero gracias. Eres tan sexy que se me olvida lo empollona que eres.

–Eh, no soy ninguna empollona –protestó, dándole un suave puñetazo en el hombro.

–Claro que sí, pero te quiero –dijo y se volvió hacia ella para abrazarla, a pesar de los cinturones de seguridad–. Te quiero más que a nada y no quiero volver a estropearlo.

Helena desabrochó los dos cinturones de seguridad y lo abrazó con fuerza. Luego, tomó su rostro entre las manos y lo miró a los ojos.

–Los dos vamos a meter la pata muchas veces en nuestra vida. Lo que tenemos que recordar es que nos tenemos el uno al otro.

La besó y la pasión que había entre ellos se desató. Helena recordó la primera vez que habían estado juntos. Había sido en un coche, después de un partido de fútbol americano, en su último año de instituto.

Alguien pasó al lado del coche y tocó el claxon.

–Se nos olvida que ya no estamos en el instituto –dijo Malcolm, riendo.

–Tienes razón –convino ella, mientras cada uno volvía a su asiento y se abrochaba el cinturón.

En vez de poner el coche en marcha, Malcolm se volvió hacia ella.

–No voy a ceder al impulso de apostar, cariño. Es difícil y tengo que luchar contra ello cada día, pero no voy a darme por vencido porque sé que si lo hago, acabaré distanciándome de ti, y no creo que sea capaz de vivir sin ti.

Ella apretó su mano, convencida de que superarían aquello juntos.

Mientras conducía de vuelta a casa después de dejar a Scarlet, Alec sintió el vacío a su alrededor. Normalmente no le molestaba ya que le gustaba la soledad, pero al entrar en su despacho y sacar los ficheros que su algoritmo había recopilado sobre Scarlet, se dio cuenta de que se sentía muy solo.

No había razón para que así fuera. Mandó un mensaje a sus hermanos para ver si les apetecía jugar al billar, pero ambos estaban ocupados. La esposa de Diego estaba en el pueblo y, teniendo en cuenta que vivía a caballo entre Texas y Londres, a Diego no le apetecía salir con su hermano pequeño y perder la oportunidad de estar con ella.

Mauricio y Hadley estaban en esa fase de luna de miel de su relación y, aunque le habían invitado a cenar con ellos, lo último que quería era pasar la noche de carabina.

En vez de eso, se sentó ante su ordenador y empezó a leer los ficheros que había reunido sobre Scarlet. Le parecía increíble cuánta información había en internet sobre su vida, incluyendo su nacimiento y su infancia. Su madre había sido modelo y su padre uno de los hombres más ricos de Estados Unidos. Estudió las fotos. Había crecido de cara al público y se preguntó si habría ido a Cole´s Hill para comprobar si era un hombre reservado.

Seguramente no quería que su hijo estuviera en el punto de mira. Sabía mejor que nadie lo difícil que era crecer así.

No podía posponer su viaje a Seattle. Su cliente lo necesitaba y Alec se vanagloriaba de darles a sus clientes lo que les hacía falta. Una de las cosas de las que enseguida se dio cuenta fue de que Scarlet había tenido que arreglárselas sola en muchas ocasiones. Ya ni siquiera tenía a su hermana, fallecida no hacía mucho. No era el hombre más sabio en lo que al sexo contrario se refería, pero pasar una semana lejos de ella cuando se sentía tan vulnerable no era una buena idea.

No quería cometer otro error con Scarlet. Parecían haber conectado el día anterior y estaba esperando un hijo suyo. Necesitaban encontrar un punto en común.

Se metió en el coche y condujo de vuelta a la casa alquilada de Scarlet. Apenas tardó cinco minutos. Al tocar el timbre, se oyeron voces y ladridos antes de que se abriera la puerta.

Scarlet apareció al lado de la famosa cantante Siobahn Murphy y de Billie, que no parecía tan amigable como hacía un rato. Un perro salchicha avanzó hasta él, y se agachó para acariciarlo después de dejar que le oliera la mano. Luego, el animal empezó a dar vueltas a su alrededor mientras él se incorporaba.

—Alec, pensé que no te vería hasta que volvieras de viaje —dijo Scarlet.

—Lo sé, es solo que estaba pensando que deberíamos pasar más tiempo juntos y me preguntaba si querrías venir conmigo a Seattle. Tengo avión privado, así que no hay ningún problema.

—Ella también —intervino Billie.

—Estupendo, pues como quieras. Tengo una casa en Bellevue...

Se quedó callado, sin saber qué más decir.

–Déjame que lo piense. ¿Cuándo necesitas saberlo?

–Antes de dos horas. Tenía pensado salir por la mañana.

Ella asintió y se agachó para tomar en brazos a su perro. Alec se quedó observándola, preguntándose por qué se había ido antes tan precipitadamente. ¿La había agobiado? ¿La estaba agobiando en aquel momento?

Alec quería hacer lo correcto. Estaba embarazada y le había dicho que el bebé era suyo. Estaba empezando a darse cuenta de que no era la clase de mujer que habría ido a verlo si no estuviera segura de que era el padre. Quería conocerla. La búsqueda de información que había hecho había sido de ayuda, pero esa era su reputación digital y no tenía por qué corresponder con la real.

–Yo solo…

–Venga, pase –dijo Siobahn, tendiéndole la mano–. Me llamo Siobahn.

–Alex Velasquez –dijo estrechándole la mano.

Entró en el vestíbulo y cerró la puerta, mientras Billie sacudía la cabeza y se marchaba.

–Vete a pensar si quieres –le dijo Siobahn a Scarlet–. Yo haré compañía al señor Velasquez.

–Por favor, llámame Alec.

Scarlet se mordió el labio inferior.

–De acuerdo, pero sé agradable.

–Por supuesto que lo seré –replicó Alec.

–No estaba hablando contigo –dijo Scarlet, volviéndose para enfilar el pasillo.

–Podemos hablar aquí –intervino Siobahn, guiándolo hacia el salón.

La casa había sido antes de unos amigos de los padres de Alec y nada había cambiado desde la última vez que había estado allí. Se sentó en el sofá y Siobahn se acomodó en la butaca que había al lado.

–¿Así que no sabes si eres el padre?

Había ido directamente al grano. No estaba preparado para que lo acribillara a preguntas, pero teniendo en cuenta que no lo conocía, estaba justificado que su amiga lo hiciera.

–Me pareció lógico preguntarlo. Solo pasamos una noche juntos y no había sabido nada de ella desde entonces –dijo Alec–. Pero después de que habláramos, me di cuenta de que no era esa clase de mujer.

Siobahn se recostó en su asiento y se cruzó de brazos.

–¿Qué clase de mujer cree que es?

No quería hablar de sus sentimientos por Scarlet, fin de la historia. No era un tipo hablador. No sabía cómo expresar lo que sentía. Pero a pesar de lo provocadora que era, había algo dulce, algo ingenuo en ella.

Eligió cuidadosamente las palabras, consciente de que su amiga saldría en defensa de Scarlet si decía algo que no le gustara. No podía culparla. Él haría lo mismo por sus hermanos. Se estaba dando cuenta de que Scarlet había creado una familia y su vínculo era más fuerte que el que tenía con cualquiera de sus familiares consanguíneos.

–No puedo decir que la conozca, pero me parece honesta.

–Lo es. Tiene un gran corazón, así que no le hagas daño.

–No lo haré.

–Bien –dijo Siobahn, y se levantó–. Solo porque parezca fuerte no quiere decir que lo sea.

Siobahn salió de la habitación y al cabo de unos minutos oyó a Scarlet en el pasillo.

–Iré contigo –dijo entrando en el salón–. Le pediré a Billie que me lleve a tu casa por la mañana y luego podemos tomar tu avión. Quiero llevar a Lulu, ¿te parece bien?

–¿Quién es Lulu? –preguntó él.

–Mi perro.

–Está bien. Hasta mañana.

Salió de la casa sintiéndose mucho mejor esta vez. Aunque no se había parado a analizarlo, sabía que había hecho lo correcto. Ninguno de los dos estaba preparado para aquel embarazo, y necesitaban pasar juntos todo el tiempo que pudieran para empezar a confiar el uno en el otro.

Capítulo Siete

A la mañana siguiente, Alec aparcó su Maserati en la plaza que tenía reservada en el aparcamiento y se bajó para abrirle la puerta a Scarlet. Cuando llegó al otro lado, ya se había bajado con Lulu, así que disimuló, dirigiéndose al maletero para sacar su ordenador y una de las maletas de Scarlet. Las otras estaban en el coche que Billie conducía.

No sabía si su amiga y asistente iba a acompañarlos. Prefería que no lo hiciera, para poder estar a solas con Scarlet, pero no estaba en posición de exigir nada, así que esperó para ver qué tenía en mente.

Llevaba unos pantalones elásticos y una camiseta larga con una imagen de Audrey Hepburn en *Desayuno con diamantes*. Arqueó una ceja y Alec se dio cuenta de que se había quedado mirándola embelesado.

–Tienes unas piernas estupendas –dijo–. No voy a fingir que no me he dado cuenta ni que me había quedado mirándote.

–¿Eres siempre tan directo?

–Sí. Por eso es por lo que apenas tengo vida social.

–Me gusta –dijo ella, acercándose a él con un gran bolso colgado del hombro y su perro caminando al lado–. En cuanto Billie saque mi maleta, podemos irnos. Tengo una pequeña jaula para meter a Lulu durante el despegue y el aterrizaje. Le gusta acurrucarse en su manta.

–Podía haber traído mi camioneta en vez del deportivo para tener sitio para el equipaje.

–Está bien. ¿Solo has traído eso? –preguntó, señalando el maletín del ordenador.

–Tengo casa en Seattle, así que no necesito llevar nada. También tengo algo de ropa en el avión.

–Estoy fascinada con tu vida. ¿A qué te dedicas para tener tantas casas por todo… ¿Es solo en Estados Unidos o por todo el mundo?

Habían salido del aparcamiento y estaban esperando en la pista cuando Billie detuvo su coche a su lado.

–Por todo el mundo.

–Deja tu equipaje ahí y mandaré a alguien a que lo recoja. ¿Necesitas esa bolsa durante el vuelo?

–No.

Hizo un movimiento con la cabeza y se dirigió al avión, donde esperaban las azafatas. Tenía contratada a una tripulación de cinco, dos pilotos y tres azafatas que se turnaban durante el mes dependiendo de las necesidades de los vuelos.

–Ocúpense, por favor, del equipaje. Vamos a tener que buscar el mejor sitio para la jaula del perro. Hay que estabilizarla para el despegue y el aterrizaje.

—Sí, señor. ¿Le acompañan las dos señoritas? —preguntó Marg, la sobrecargo.

—No lo sé.

—No hay problema, me ocuparé de todo. Su escritorio está preparado. ¿Necesita algo más?

—No, Marg, muchas gracias.

Subió al avión y enseguida se sentó en el escritorio, pero lo último que tenía en la cabeza era trabajar.

La deseaba. Seguía excitado de antes y, habiéndola tenido sentada tan cerca en el coche, la sensación había aumentado. Había conducido rápido para quemar adrenalina, y ella se había limitado a reír. El olor de su perfume le embriagaba, lo que le había impulsado a conducir a mayor velocidad. Nunca había sido un hombre que necesitara pavonearse ante las mujeres, pero sentía la necesidad de hacerlo delante de Scarlet. Claro que podía haber tomado la camioneta, pero el Maserati le daba un alto estatus y ella provenía de un entorno de inmensa riqueza, así que quería darle a entender que no iba detrás de su dinero.

Pero ¿ibas tras ella?

Le había dicho a Scarlet que quería conocerla mejor porque estaba esperando un hijo suyo, pero en el fondo sabía que era tan solo una excusa. La quería para él y nunca se había sentido cómodo con esa clase de ansiedad. Su deseo por Scarlet era mucho más intenso que un simple revolcón. Era algo más que atracción sexual, pero no quería reconocerlo ni pararse a pensar de qué se trataba, aunque por su forma de ser necesitaba averiguarlo.

–Billie te manda recuerdos –dijo Scarlet al subir en el avión.

Se inclinó para quitarle la correa al perro y su melena rubia cayó en cascada sobre sus hombros. El animal se puso a dos patas y se acarició el rostro con su pelo.

Scarlet se levantó y, al encontrarse sus miradas, una corriente se estableció entre ellos. Sintió el efecto en su entrepierna; no era de extrañar, puesto que estaba excitado desde que la había visto por la mañana.

–No le caigo bien, así que no te molestes en fingir lo contrario.

Ella rio y echó la cabeza hacia atrás.

–Se tiene por sutil. ¿Puedes creerlo?

–No. Parece un perro guardián, siempre dispuesta a protegerte –dijo Alec.

–¿Acaso necesito protección? –preguntó ella, avanzando hacia él.

Lulu corrió delante de ella y saltó a uno de los asientos.

–No, al menos de mí, no –dijo en un tono de voz más sugerente del que pretendía.

***

Lo malo de las adicciones era que no podía resistirse a ellas. En eso pensaba Scarlet, sentada junto a Alec, cuando el avión se puso en marcha. Debería haber dicho que no, que no iría con él a Seattle. No debería haber accedido a quedarse a solas con él hasta no saber lo que sentía por él. Pero por la forma en que la observaba y el tono de voz que empleaba, lo único en lo que podía pensar era en su cuerpo junto al suyo cuando se había sentado sobre su regazo.

Por primera vez desde que sabía que estaba embarazada, veía sentido a algo. El sexo no tenía por qué ser complicado. Además, en sentido estricto, estando con Alec no se estaba saltando la regla que se había autoimpuesto de acostarse tan solo una vez con un hombre porque pensaba que era Mauricio, ¿no?

Se había puesto esa norma para evitar la situación en la que estaba. No podía caer en la trampa de asumir compromisos. Había visto cómo eso había destruido tanto a su madre como a su hermana.

«Eso no tiene sentido ni para ti», oyó que le decía la voz de su hermana en la cabeza.

«Cállate, Tara, no quiero encontrar la lógica a esto».

Lulu estaba acurrucada, durmiendo en su jaula, por lo que no había nada que pudiera distraerla de Alec. Estaba sentado con las piernas cruzadas. Cuando la azafata les preguntó si querían comer o beber algo, la miró arqueando una ceja.

–Estoy bien.

–Yo también. La avisaré si necesitamos algo –dijo Alec.

Las azafatas volvieron a la zona de la tripulación y se quedaron solos.

«Peligro, no cometas ninguna estupidez».

Tara había sido tan irresponsable en vida que Scarlet sabía que aquella voz que atribuía a su hermana era su subconsciente advirtiéndole. Pero le reconfortaba pensar que su hermana pudiera estar velando por ella.

¿Acaso podía ser tan peligroso?

«No estarías manteniendo esta conversación conmigo si no le temieras por algo».

Temor. ¿Sería eso lo que sentía?

–¿Estás cómoda, necesitas una manta? –le preguntó Alec.

No, lo que necesitaba era quedarse desnuda y colocarse sobre él para así sentir que tenía el control. La había sorprendido y le llevaba ventaja. Sí, eso era, necesitaba volver a tomar la iniciativa. No era más que eso. No tenía que temer ninguna adicción. Aquella era su primera vez con Alec. Podía acostarse con él sin temor a sentirse culpable y luego volver a preocuparse del bebé.

«Sí, claro».

«Márchate, Tara».

«De acuerdo, pero luego no me digas que no te lo advertí».

–Cuéntame a qué te dedicas –dijo Scarlet–.

Billie me comentó algo, pero prefiero que me lo cuentes tú.

—Eh… No sé por dónde empezar. Mi trabajo es aburrido.

Scarlet miró a su alrededor y recordó todos los coches y casas que Alec tenía.

—Es evidente que ganas mucho dinero. Me alegra saber que se puede ganar dinero por otros medios que no sea explotando la fama.

—Bueno, cuando estaba en la universidad… digamos que no me las supe arreglar solo. A pesar de que sacaba muy buenas notas, salía mucho de fiesta. Por supuesto que disfruté mucho de aquellos años, pero cuando estaba en el penúltimo año y quise hacer prácticas, nadie me llamó. Le pregunté a una directora de recursos humanos y me contestó que tenía un buen currículum, pero que lo que veía en internet era diferente. Aquello me hizo reaccionar y decidí limpiar mi reputación. A algunos de mis compañeros de fraternidad les pasaba lo mismo, así que decidí crear un algoritmo para conseguirlo. Me llevó tiempo, todo aquel curso, pero cuando lo conseguí, empecé a tener entrevistas. Ofrecí mis servicios a mis compañeros de fraternidad y, en cuanto corrió la voz, empecé a tener muchos clientes.

—Me habrían venido bien tus servicios hace unos años —dijo ella sonriendo—. En vez de eso, me he acostumbrado a las fotos y vídeos escandalosos y los he convertido en mi carta de presentación.

–Bueno, eso también funciona, pero a veces hay cosas que pueden tener un impacto muy negativo. Así que pasé de ayudar a universitarios a ayudar a compañías y cargos públicos. Para ello, he tenido que mantenerme al día con las tecnologías.

–Eso se paga muy bien.

–Desde luego. Para muchas personas y empresas, proteger su imagen pública no tiene precio. Además, proporciono un servicio que nadie más puede ofrecer. Lo hice por Mauricio después de que se publicara la foto de nosotros. Pero Hadley, por supuesto, ya la había visto. Superviso todo lo que se publica sobre mi familia y recibí una alerta. No he tenido que tomar ninguna medida drástica desde que mi cuñado José murió.

Scarlet disfrutaba oyéndole hablar de su empresa. Era evidente que sentía pasión por su trabajo y disfrutaba con lo que hacía.

–¿Quién era José y por qué tenías que vigilar lo que se decía de él?

–Era el famoso piloto de Fórmula Uno José Ruiz. Nunca fue fiel a mi hermana y siempre aparecían fotos suyas de fiesta con otras mujeres. No tenía por qué saberse que no era el marido perfecto que fingía ser –explicó.

Alec había montado su negocio en torno a un código patentado que empleaba para buscar en internet cualquier noticia sobre José y luego sustituía las historias de sus aventuras extramaritales por referencias sobre su carrera.

Ella asintió. Se dedicaba a proteger, otro punto a favor si iban a tener el bebé. Eso, unido a la circunstancia de que tenía una familia grande y unida, un buen trabajo y una mejor reputación.

Tenía que concentrarse en aquellas cualidades, pero era incapaz de borrar de su cabeza la imagen de su pecho desnudo. De hecho, lo único en lo que podía pensar era en meterse en la cama con él, a pesar de que sabía que no estaba bien.

Hablar sobre el trabajo estaba aplacando su deseo por Scarlet. Seguía ahí, pero no tan intenso como cuando habían subido al avión. Sentía que había recuperado el control de sí mismo. Hacía mucho tiempo que no le contaba a nadie los comienzos de su empresa. De hecho, se había olvidado de lo alocados que habían sido sus dos primeros años de universidad. Se había divertido, pero había sido un irresponsable. No había sido hasta su penúltimo año de carrera cuando había empezado a convertirse en el hombre que era hoy. Se había dado cuenta entonces que no podía seguir cada uno de sus impulsos.

Su madre lo había educado muy bien y tenía una hermana, así que sabía cómo tratar a las mujeres. Eso no significaba que hubiera momentos como aquel en los que lo único que quería era olvidarse de la educación y comprobar si lo deseaba tanto como él a ella.

–¿Qué me dices de ti? Antes decías que tu marca se vincula al escándalo, pero no sé nada de ti –admitió–. ¿Acaso los escándalos son parte de tu plan de negocios?

Su plan era seguir hablando. Era la única manera que se le ocurría para evitar echarse sobre ella en pleno vuelo.

–Me sorprende que no hayas oído hablar de mi marca. Básicamente, propongo un estilo de vida que haga aflorar tu belleza interior. Se trata de aceptarse, de ser uno mismo. Tengo una línea de maquillaje muy favorecedora, pero que para algunas personas puede resultar exagerado. Pero si te gusta, entonces lleva ese color de labios atrevido y esa sombra de ojos brillante. También tengo dos líneas de ropa, una atrevida y otra más tradicional. Todos tenemos matices de ambos aspectos.

–Eso me gusta. Creo que Penny es la personificación de esa escisión. Y también Benito. Es curioso que de niños mostremos ambas caras mientras aprendemos los límites de cómo comportarnos.

Aunque Penny no era sobrina suya en sentido riguroso, tanto él como sus hermanos la trataban como tal. Así era la familia Velasquez.

–Es cierto. Mi marca viene a decir que no hay nada malo en ser uno mismo –dijo Scarlet–. También tengo el programa en el que se muestra mi vida en las redes sociales y las cámaras me siguen allá donde voy. Trato de mostrar tanto mi lado divertido como mi faceta laboral para que se vea que se puede ganar la vida haciendo lo que más te gusta.

Nada más conocerla, la había tomado por una rica heredera despreocupada, pero se estaba dando cuenta de que era algo muy diferente.

—¿Cómo empezaste?

Suponía que algo habría tenido que ver la relación con su padre. Le había contado que no había sido un buen padre y los artículos que había encontrado en internet sobre él parecían corroborarlo. Aun así, sabía que la verdad era siempre más complicada que lo que se comentaba en las noticias y en las redes sociales.

—Tuve una gran metedura de pata cuando tenía dieciocho años, un vídeo sexual que se hizo viral. Mi hermana Tara me dijo que ya estaba bien, que había quedado marcada de por vida. Le contesté que ya era inevitable y que había que aceptarlo —dijo volviéndose para mirarlo, a la vez que recogía las piernas sobre el asiento—. Tara me animó y fue entonces cuando decidí crear el personaje de chica mala en los medios y controlarlo de tal manera que pudiera sacar beneficio de ello. Tienes que darles lo que quieren o buscarán algo que no quieres que se sepa.

—Me gustaría haber conocido a tu hermana —dijo él—. Parece que era bastante inteligente.

—Sí, pero también fue una idiota. Le gustaban tipos que no le convenían y siempre se metía en problemas.

Alec alargó el brazo y le apretó la mano.

–Lo siento. Supongo que es como dices. Todo el mundo es complicado.

–Así es. ¿No lo pensaste de tu cuñado? –preguntó ella–. Siempre evitamos hablar mal de los muertos, pero no has suavizado lo que hizo.

–Claro que no. Cuando se casó con Bianca, lo admiraba, pero cuando vi aquella primera foto… Me enfadé mucho. Me enfrenté a él y me dijo que Bianca lo sabía. Pero conocía a mi hermana. No era la clase de mujer que permitiría que su marido la engañara.

–Pocas mujeres lo permitirían –observó Scarlet.

–Desde luego. José decía que los hombres son promiscuos por naturaleza.

–¿Estás de acuerdo con él?

–No. Creo que si encuentras a la mujer que llena tu vacío no tienes por qué seguir buscando –contestó Alec–. ¿Y tú?

–Eh… No estoy segura. Mi padre nunca ha encontrado a la persona perfecta y Tara tampoco.

–No te he preguntado por ellos. Quiero saber si crees que puedes encontrar al hombre que llene tu vacío o si siempre estás buscando algo más.

Capítulo Ocho

Su pregunta la pilló desprevenida y no le quedó otra opción que ser sincera.

–No tengo ni idea.

–Solo pretendo ordenar mis ideas. Lo que quiero decir es que el bebé no va a esperar a que resolvamos nuestros problemas, y me gusta tenerlo todo planeado –admitió él.

Se movió inquieta en su asiento antes de darse cuenta de lo que estaba haciendo. Tenía que evitar que la alterara, pero lo cierto era que no estaba siendo ella misma. Hacía tiempo que no lo era, desde la muerte de Tara, aunque lo había disimulado bastante bien.

¿Quién era el culpable de aquel cambio, Alejandro o el bebé? ¿O acaso los dos?

No lo sabía. No quería pararse a pensarlo porque no se gustaba. Se había convertido en alguien que mostraba una cara falsa y luego hacía ese papel hasta que caía agotada, obsesionada con su hermana muerta.

Estaba hecha un lío.

–No sé si alguna vez se nos ocurrirá un plan que tenga sentido –admitió.

–Yo tampoco. Todavía no me he hecho a la idea de tener un bebé, no voy a mentirte. Estoy muy asustado. Tengo un sobrino, pero no estoy acostumbrado a estar con niños. Qué demonios, tampoco me gusta estar con los adultos con los que trabajo.

Scarlet rio al oír aquello. Reconoció el pánico en su voz y se sintió un poco mejor sabiendo que no estaba tan tranquilo como aparentaba.

–No te preocupes, a mí los adultos se me dan mejor que los niños –dijo ella, y estiró las piernas.

Lulu seguía durmiendo en su jaula, y seguramente así estaría hasta que aterrizaran.

–Deberíamos hacer una lista con las ventajas e inconvenientes de ser padres –dijo Alec, y se acercó la tableta.

Scarlet se la quitó y la dejó en la parte posterior de su asiento.

–Ni hablar. Pasaremos juntos el resto de la semana conociéndonos y después pensaremos qué hacer. Francamente, tenía pensado contarte lo del bebé, mejor dicho, contárselo a Mauricio, premio del año por su labor humanitaria, y entregárselo para que lo criara. Así llevaría una vida feliz.

Él sacudió la cabeza.

–Esta vez he metido bien la pata.

–Eh, estábamos juntos esa noche. Me habría gustado que hubieras sido sincero, pero ya no hay nada que hacer. Se nos ocurrirá algo.

–Eso espero. No quiero ser la razón de que ese niño lo pase mal.

–Yo tampoco. Ya te dije que mi familia no es la más ideal, pero aun así no quiero renunciar al bebé si podemos encontrar la manera de criarlo.

–¿Renunciarías al bebé?

–Si con eso me asegurara de que el niño no acabara como mi padre o mi hermana, entonces sí.

Era consciente de que aquello sonaba muy duro. Era la primera vez que lo decía en voz alta, aunque hacía mucho tiempo que lo tenía claro. Había querido a Tara más que a nadie, pero había llevado una vida con tantos vicios que había sido muy doloroso no poder ayudarla.

No estaba dispuesta a pasar por lo mismo. Quería que su hijo creciera en un entorno seguro y sano. Le había fallado a Tara, a pesar de haber querido ayudarla. Se había quedado destrozada y temía que le ocurriera lo mismo con su bebé.

–Se nos ocurrirá algo.

–Lo estoy deseando –admitió Scarlet–. Quiero tener esto resuelto antes de que tenga que volver a Nueva York a grabar mi programa.

–¿Cuándo tienes que volver?

–En unos tres meses. Puedo retrasarlo unas cuantas semanas, pero todo gira en torno al programa. Las ventas de productos aumentan cuando se emite. Tengo veinticinco personas empleadas en mi empresa y no puedo fallarles.

–No te preocupes. Estoy convencido de que esta semana encontraremos las respuestas que buscamos. Quiero conocerte mejor y tengo la esperanza de que dejes de pensar que soy un cobarde por no haberte contado desde el principio quién era.

–Ya me he empezado a dar cuenta.

No tenía sentido ocultarle la verdad. Billie siempre decía que no ponía filtros, lo que implicaba que tampoco levantaba muros para protegerse. Además, tampoco le gustaba fingir emociones. Pasaba tanto tiempo proyectando una imagen al mundo a través de las redes sociales, que cuando descansaba se mostraba como era de verdad.

–Me alegro, a mí me pasa lo mismo. No me imaginaba que fueras a ser tan natural. Pensaba que estarías todo el tiempo pendiente de tus seguidores.

Scarlet sacudió la cabeza y se apartó de él.

–No soy así. Por supuesto que tengo que estar pendiente de mi aspecto y de la imagen que proyecto, pero no estoy obsesionada.

–Lo sé, eso es lo que intentaba decirte. Se me da muy bien meter la pata y decir lo que no debo, pero créeme, no es mi intención ser un idiota.

Ella sonrió. Se daba cuenta de que Alec se autocriticaba para rebajar la tensión. No sabía si estaba siendo sincero o si era su manera de evitar cargar con la culpa. De momento, iba a darle el beneficio de la duda, pero tenía que estar atenta.

–Está bien –replicó Scarlet–. ¿Qué sueles hacer durante los vuelos?

–Trabajar.

–¿Trabajar?

–Sí. O hacer ejercicio. Tengo una cinta de correr en el dormitorio.

Ella sacudió la cabeza. Era sorprendente. No había imaginado que fuera un adicto al trabajo, pero al mirar a su alrededor, advirtió que el avión parecía una oficina. También vio una zona de entretenimiento.

–Bueno, ¿qué vamos a hacer?

–Lo que quieras.

Lo que quisiera… Esa era una invitación muy peligrosa.

No había imaginado que acabaría sentado en la mesa, frente a ella, con una baraja de cartas. Pero todo en Scarlet era imprevisible y era incapaz de anticiparse a lo que iba a hacer.

Una vez al mes, jugaba al póquer con sus hermanos y unos amigos, y se le daba muy bien adivinar sus jugadas. Llevaban jugando desde el instituto. Pero con Scarlet era completamente diferente. Le resultaba difícil sacarle ventaja y no solo porque tuviera cara de póquer, sino porque le distraía.

Se había recogido su larga melena rubia en una trenza, pero se le habían escapado algunos mechones. No dejaba de pasarse uno por detrás de la oreja, y eso lo tenía fascinado. Había visto a su hermana Bianca hacer lo mismo, pero nunca le había resultado tan interesante como cuando lo hacía Scarlet.

–Subo la apuesta a una barrita energética y dos bombones –dijo ella, empujando la bandeja de dulces al centro de la mesa.

Él arqueó una ceja.

–Esa es una apuesta muy fuerte.

–Así es, pero tengo entendido que no hay que apostar lo que no se quiere perder, así que si de verdad quieres quedarte con la barrita energética, deberías darte por vencido.

–De ninguna manera –dijo él–. Soy un tipo que va a por todas.

–¿Ah, sí? Pues tienes pinta de no hacer una apuesta a menos que estés seguro de que ganarás.

–Tal vez en la vida, pero en los juegos de cartas, me guío por unas reglas diferentes –repuso él encogiéndose de hombros.

–¿Te gustan las reglas, verdad?

No estaba seguro de si lo decía como alguno bueno, y pensó en esquivar la respuesta. Pero después de que hubiera sido tan sincera acerca de su familia, decidió serlo él también.

–Me hará parecer un vejestorio, pero me gusta seguir reglas. La vida es mucho más sencilla cuando todos sabemos lo que podemos esperar.

–Entonces, ¿por qué te las saltaste el día de la gala? ¿Y quién te considera vejestorio? –preguntó Scarlet riéndose–. A mí no me lo pareces.

–Mis hermanos y Bianca me consideran así, pero eso es porque no siguen reglas y acaban metiéndose en problemas. La noche de la gala… No lo sé, supongo que me dejé llevar porque nadie sabía que era yo. Tuve la oportunidad de bajar la guardia. Me hice pasar por mi hermano porque me necesitaba y no me gusta fallarle a mi familia.

Eso es bonito. Me caíste bien en la gala.

–¿De veras? –preguntó, echándose sobre la mesa.

La deseaba tan desesperadamente que cada inspiración le resultaba dolorosa. Podía oler su perfume. Tenía los sentidos alterados con todo lo que tuviese que ver con Scarlet. Trató de apartar la mirada de sus curvas y de aquel mechón de pelo que no dejaba de pasarse por detrás de la oreja. Sabía que si se cruzaba de piernas por debajo de la mesa, la rozaría. Ya lo había hecho un par de veces.

Lo estaba intentando, pero le resultaba difícil. Estaba excitado y quería olvidarse de aquellas reglas que aplicaba en su vida para mantenerla ordenada, tomarla en brazos y llevársela al dormitorio del fondo del avión.

–Sí –contestó ella.

Él gruñó.

–¿Qué?

–No me lo estás poniendo fácil.

–¿Qué es lo que no te estoy poniendo fácil?

–Cumplir con las pautas que me he marcado para no meter la pata contigo más de lo que ya lo he hecho.

Ella volvió a reír y él sonrió. El sonido era tan

sincero y alegre que no pudo evitarlo, lo que le hizo comprender lo importante que era no saltarse sus reglas.

—Tengo que admitir que me gusta –dijo ella.

—¿De verdad?

—Sí. No eres como me imaginaba, Alec, y me gusta saber que no soy la única que está tratando de buscar una solución.

—Mis hermanos se reirían de mí si se enteraran.

—¿Por qué?

—Porque así somos los hermanos.

—Así que podría decirse que eres el santurrón de la familia Velasquez, ¿no?

—Supongo. No es que esté obsesionado con las reglas, es que me gusta mantenerme dentro de unos límites y saber qué líneas no puedo cruzar.

—Bueno, sigamos jugando. ¿Igualas la apuesta?

Ni hablar. Quería algo más que una barrita energética y chocolate. Quería besos, muchos besos. Quería subir la apuesta y era consciente del riesgo. Podía precipitarse y provocar que se apartara. Pero, como había dicho Mauricio, había que correr riesgos para hacerse con el gran premio, y la deseaba desesperadamente.

—Voy a subir la apuesta a un beso –dijo.

—¿Un beso?

—Sí, un beso apasionado, de esos con los cuerpos apretados y las bocas unidas.

—¡Vaya! —exclamó ella, y sintió que se ruborizaba–. Muy bien, acepto la apuesta.

Estiró las piernas y la rozó con los pantalones. Ella cambió de postura y acercó las pantorrillas a las suyas mientras le observaba poner las cartas sobre la mesa. Miró la pareja de dieces y el as que acababa de descubrir, y luego sus cartas.

Su jugada era mejor. Siempre había pensado que no debía apostar nada que no quisiera perder, y lo cierto era que llevaba deseando a Alec desde que habían estado solos en los establos, cuando el partido de polo. Nada había cambiado desde entonces.

Sí, se había apartado, pero había sido porque era diferente. La clase de hombre por la que siempre se había sentido atraída habría insistido para conseguir un beso hasta que hubiera cedido. Pero Alec era prudente y divertido. Estaba empeñado en conocerla mejor para que viera cómo era en realidad.

Scarlet echó sus cartas sobre la mesa y se cruzó de brazos a la vez que se recostaba en su asiento.

–Te gané.

Alec se mordió el labio inferior y se quedó mirándola.

–Voy a tener que estar más atento. Estaba convencido de que ibas de farol.

–Pues no.

–Es obvio, has jugado tan bien que no me he

dado cuenta. Qué interesante. Supongo que eso significa que se te da muy bien esconder cómo eres realmente.

–Me he apostado un beso, no un psicoanálisis.

Alec se inclinó sobre la mesa para pasarle un mechón de pelo por detrás de la oreja.

–Lo siento. Es que hace mucho tiempo que no deseo a una mujer tanto como te deseo a ti. Estoy tratando de ganar tiempo para recuperar el control.

Una vez más, le sorprendió que fuera tan directo. Quería creer en él, pero como Alec había observado un momento antes, sabía por experiencia que era preferible ocultar su verdadero yo. Era lo mejor para ella. Solo había habido una persona con la que se había sentido lo suficientemente cómoda como para bajar la guardia, y esa había sido Tara.

Todavía estaba intentando superar el dolor de haberla perdido de esa manera. No quería ponerse sentimental, así que se echó hacia delante y apoyó los codos en la mesa.

–Bueno, respecto a ese beso que he ganado en esta mano…

–¿Qué pasa con él?

–No sé si llevarme el premio o mantener la apuesta a ver si puedes ganarme.

Alec tomó su mano izquierda y le acarició la palma con el pulgar. Scarlet sintió un cosquilleo subiendo por el brazo y los pechos se le hincharon.

–Lo que quieras. Tú mandas.

Era una frase hecha. Había estado en muchas situaciones como aquella y sabía que ninguna persona estaba completamente al mando. El sexo era algo íntimo que implicaba mucho más que poder.

–Ya veo que no me crees –dijo él–. No te estoy tomando el pelo. No fui sincero contigo la primera noche que nos conocimos, pero estás esperando un hijo mío. Te deseo y eso me hace sentir peligroso, fuera de control. No quiero que sea así, especialmente cuando hay tanto en juego.

De nuevo, la había desarmado con la verdad. Su sinceridad la inclinaba a creer en él, pero cada vez que había confiado en alguien se había llevado una decepción. Además, tenía razón: el riesgo era alto. Ninguno de los dos quería añadir otro ser humano al planeta. Querían lo mejor para el bebé que estaban esperando.

«Venga, deja ya de pensar y dale un beso. Lo estás deseando».

Se levantó y rodeó la mesa hasta llegar junto a él. Luego apoyó las manos en los reposabrazos y giró el sillón para que la mirase. Alec la tomó por la cintura.

Scarlet le acarició el rostro y se quedó mirando sus ojos marrones, sin saber muy bien qué buscar en su mirada. Aquella podía ser una forma más de entretenerse durante el vuelo o podía ser la decisión más arriesgada que hubiera tomado jamás.

Pero ella no se acobardaba y la voz de Tara en su cabeza se lo había recordado.

Le acarició el labio inferior y Alec abrió la boca, ahogando un gemido. Ella se acercó un poco más, tomándose su tiempo porque una vez tomada la decisión, no había ninguna prisa. Fuera cual fuese el resultado, estaba decidida a hacer que aquello durase.

Sus miradas se encontraron y Scarlet sintió que algo en su interior se asentaba. Al menos, lo que había entre ellos tenía sentido. El futuro era una incógnita en ese momento, pero aquello, pensó mientras se inclinaba y lo besaba en los labios, tenía su lógica.

Capítulo Nueve

Le temblaban las manos, pero era su única forma de controlarse. Scarlet estaba sentada sobre su regazo. Estaba tan cerca que sentía su aliento junto a los labios, aplacando aquellas llamas cada vez más indomables.

Apoyó la mano en su hombro y se obligó a estarse quieto, pero el escote de su jersey era amplio y con aquel movimiento había rozado su piel desnuda. Deseaba acariciarla, pero le había dicho que fuera ella la que llevara el control, que se conformaría con lo que quisiera darle.

Lo cierto era que lo quería todo. Al sentir sus labios rozando los suyos, sintió crecer su erección y tuvo que cambiar de postura para ahuecarse los pantalones y ponerse más cómodo.

Scarlet sonrió junto a sus labios y lo besó suavemente, apenas un simple roce. Luego ladeó la cabeza y el beso se hizo más profundo. Alec sintió que el vello se le ponía de punta y la tomó por la nuca mientras el beso se tornaba más apasionado.

Su sabor era mejor de lo que recordaba, algo sorprendente teniendo en cuenta que no hacía tanto desde la última vez que la había besado. Era imposible que se hubiera convertido en una adicción en apenas unas horas, pero así lo parecía.

Alec deslizó la mano por su espalda lentamente, sintiendo cada una de las vértebras de su columna. Después echó hacia atrás la cabeza para mirarla mientras tiraba de sus caderas y la hacía sentarse a horcajadas sobre él. Ella se aferró a sus hombros y colocó los muslos a cada lado de sus piernas.

Alec inspiró hondo y percibió el intenso olor a rosas de su perfume, un aroma mucho más sensual del que recordaba de la noche de la gala. A continuación deslizó las manos por debajo de su jersey y la atrajo hacia él sin dejar de mirarla. Ella sonrió y apoyó la frente en la suya antes de pasarle la lengua por los labios.

Su erección creció aún más y no pudo evitar reprimir los jadeos. No iba a ser capaz de cumplir su palabra y conformarse con un simple beso si seguía así. Estaba deseando sentir su cuerpo contra el suyo. Quería quitarle el jersey y una vez desnudos, hundirse en ella. Pero sabía que tenía que contener su deseo. Le había dado su palabra y, si no la cumplía, nunca se lo perdonaría. Le acarició la espalda con una mano y con la otra la atrajo por la cintura hasta que sus entrepiernas quedaron unidas. Ella arqueó las caderas y él apartó la boca de la suya, dejando caer la cabeza para deleitarse con aquella sensación tan exquisita que lo invadía.

Scarlet se echó hacia delante y él la sujetó de

un brazo mientras la besaba apasionadamente y tiraba del jersey para descubrir su clavícula. Luego, la acarició; su piel era más suave de lo que recordaba. Apartó la boca de la suya y fue dejando un reguero de besos por su cuello. Ella se estremeció y hundió los dedos en su pelo para sujetarlo.

Alec cerró los ojos en un intento por recuperar el control, pero le fue imposible. Siguió deslizando la mano por su espalda hasta tomarla del trasero y atraerla aún más. Sin dejar de sujetarlo por la cabeza, Scarlet se arqueó y rozó su sexo contra el de Alec. Ambos jadearon y él giró la cabeza, ahuecó el jersey y continuó besándola por el borde del sujetador, deleitándose con la dulzura de su piel. Sabía que no iba a poder seguir conteniéndose mucho más tiempo, pero deseaba que aquello durara. Quería tenerla entre sus brazos todo el tiempo que fuera posible.

Hundió el rostro entre sus pechos apretando sus nalgas hacia él. Scarlet tenía las manos en su pelo. De pronto, el avión entró en una zona de turbulencia. Alec la rodeó con sus brazos y la sujetó con fuerza hasta que el aparato se estabilizó.

El corazón le latía acelerado por el deseo y la sacudida del avión. Debería levantarse de su regazo, pero decidió no hacerlo. Le gustaba aquella adicción. Era algo natural entre ambos, y no iba a renunciar a ello. A la vez, sentía que debía tratarlo como a cualquier otro hombre. ¿De qué otra manera iba a juzgar esa situación tan desconocida?

—¿Estás bien? —preguntó él.

—Sí, aunque me he asustado.

Alec le pasó el brazo por detrás y apretó un botón del reposabrazos.

—¿Señor?

—¿Habrá más turbulencias? —preguntó Alec.

—No, señor, no hay previsiones. Ha sido algo puntual —contestó el piloto.

—Estupendo, gracias.

—De nada. ¿Necesita algo?

—No, nada. Que no nos molesten.

—Sí, señor.

La tomó de la cintura y la miró muy serio.

—¿Quieres que lo dejemos?

Scarlet sentía su erección contra ella. No se le pasaba por alto que tenía las pupilas dilatadas y que su voz delataba su deseo.

—No, ¿y tú?

—No, pero no quiero que te sientas obligada.

—Claro que no. ¿Te sientes tú obligado?

Alec negó con la cabeza, deslizó las manos por debajo del jersey y la agarró de las nalgas.

—¿En qué estás pensando? —preguntó él.

La atrajo hacia delante y tiró de sus caderas para sentir su miembro erecto contra su sexo.

—Creo que deberíamos dejar de hablar —replicó ella, sujetándolo por la cabeza para besarlo con desesperación.

Alec jadeó mientras buscaba la cinturilla de sus pantalones elásticos. Luego, las deslizó por debajo y acarició su piel desnuda hasta aferrarse a su trasero, esta vez sin nada que los separara. Después de besarla en el pecho, justo encima del corazón, le sacó el jersey por la cabeza.

Continuó acariciándole la espalda, devorándole los pechos con la mirada. Deslizó un dedo por el borde del sujetador y vio cómo se le ponía la piel de gallina y los pezones se le endurecían.

Scarlet estaba disfrutando de sus delicadas caricias, pero quería más.

—Tienes la piel más suave que he tocado jamás. Es una de las cosas que no consigo quitarme de la cabeza después de la noche que pasamos juntos. Creía que me lo había imaginado.

Susurró aquellas palabras junto a su piel, mientras le acariciaba el cuello con los labios. Siempre le había gustado correr riesgos, pero con Alec, era diferente. La primera vez que habían estado juntos no le había resultado arriesgado ni audaz. Había sido solo un rato de diversión con un tipo que pensaba que no volvería a ver.

Esta vez era diferente. Era consciente de que estaba eligiendo a un hombre con el que tenía una conexión a través del bebé que esperaba, una circunstancia que todavía no acababa de asimilar.

Le quitó la goma que sujetaba la trenza y le soltó el pelo, que cayó por sus hombros hasta sus pechos. Luego la rodeó por la espalda y le desabrochó el sujetador. Ella se lo quitó y lo dejó sobre la mesa.

Alec continuó acariciándole el pelo.

—Hueles a primavera, a frescor y a flores. Después de nuestra noche juntos, no podía olvidar tu olor y me dediqué a pedir ramos de flores para dar con ese aroma. Volví loca a mi ama de llaves.

—¿Y lo descubriste? —preguntó, inclinándose hacia él y acercándole un mechón de pelo a la nariz.

—No.

—Es una mezcla de fresas, magnolias y fresias, una gran combinación, aunque no lo parezca —dijo entre risas, consciente de que estaba nerviosa.

Estaba hablando mientras mantenían sexo, lo que resultaba más íntimo que la noche de lujuria que habían compartido la primera vez. Entonces no habían hablado, tan solo se habían besado y acariciado hasta acabar haciendo el amor.

Aquello era diferente. Era deliberado y la excitaba tanto como la asustaba.

Sentía tal tensión en la entrepierna que supo que no podría aguantar mucho más. Estaba demasiado excitado, aunque lo había estado desde el principio.

Le lamió el pezón y luego se lo mordió suavemente. Ella volvió a arquearse, buscando sus caderas con las suyas. Alec tiró de la cinturilla elástica de sus pantalones y Scarlet se incorporó y se levantó para quitárselos. Estaba de pie, completamente desnuda a su lado, y Alec no podía pensar, ni siquiera respirar. La tomó en brazos y la llevó al dormitorio de la parte trasera del avión.

Abrió la puerta con una mano y la cerró con el pie después de entrar en la habitación. Luego la dejó de pie junto a la cama mientras ella le desabrochaba los botones de la camisa, impidiendo que se quitara los pantalones.

Lentamente fue recuperando el control. Se veía capaz de hacerlo, de mantener la calma y no echarse sobre ella arrastrado por la lujuria y la pasión.

Se quitó los zapatos y se bajó los pantalones y los calzoncillos mientras ella le despojaba de la camisa. En cuanto se quedó desnudo, se sintió mejor. Así era como debían estar.

Scarlet le acarició el pecho con sus manos frías y luego volvió a subir siguiendo la línea de sus músculos hasta el cuello.

Su roce le hizo estremecerse y enseguida sintió que estaba a punto de volver a perder el control. No sabía cuánto tiempo iba a aguantar sin tocarla.

Quería tomarse su tiempo para que aquello pareciera más un acto de amor que un encuentro sexual. Habían tenido sexo dos veces la noche de la gala y seguía deseándola. ¿Sería capaz de saciar aquellas ansias?

Era muy guapa y femenina. Recorrió sus curvas desde los hombros hasta las caderas, tratando de contenerse, como si no estuviera loco por acariciarla, por saborearla más íntimamente. Deslizó lentamente los dedos por su muslo hasta llegar a la cadera y luego se dirigió al centro de su placer y le acarició el pubis, mientras ella le clavaba las uñas en el pecho. Scarlet echó las caderas hacia delante al sentir su roce y gimió. Alec frotó su miembro contra ella y luego la empujó sobre la cama y se echó encima. Ella se arqueó al notar que se metía un pezón en la boca. A la vez, Alec la penetró con un dedo y después se lo llevó a la boca y lo chupó.

Se sentó sobre sus rodillas y la miró. Al encontrarse con sus ojos, supo que nunca volvería a ser el mismo después de aquello.

—Se me había olvidado lo buena que estás.

Se echó sobre ella para saborearla de nuevo y buscó con su lengua el pequeño montículo entre sus piernas. Sus caderas se sacudían al ritmo de cada movimiento de su lengua y lo rodeó con las piernas mientras él seguía devorándola.

Lo abrazó con fuerza entre sus piernas mientras sus caderas se levantaban frenéticamente. Luego gritó su nombre y todo su cuerpo estalló por las convulsiones del clímax. Había disfrutado, pero necesitaba sentir a Alec dentro.

Tiró de él y se incorporó para buscar su boca y fundirse en un beso apasionado. En su lengua saboreó el sabor salado de su propia pasión y sintió que se hundía en ella. Se aferró a sus anchos hombros y se arqueó, empujándose contra él para sentirlo más profundamente.

Alec gimió y pronunció su nombre al retirarse y volver a hundirse en ella. Era grande y la llenaba completamente. Scarlet dejó caer la cabeza hacia atrás mientras la penetraba una y otra vez. Cada vez que la embestía, deseaba más.

Alec enredó su melena en la mano y le hizo echar la cabeza hacia atrás para morderla en el cuello. Una reacción en cadena se desató en ella y el segundo orgasmo la pilló por sorpresa.

Se aferró a él, dejándose llevar por aquellas sacudidas placenteras, y él le tomó uno de sus pezones con la boca y chupó. Cada vez movía más rápido las caderas y lo oyó gruñir al correrse dentro de ella.

Siguió embistiéndola hasta que se quedó completamente vacío y entonces se tumbó a su lado y la acurrucó contra él acariciándole la espalda.

Scarlet se negaba a pensar en algo que no fuera aquel momento. Estaba en brazos de un hombre con el que ya se había acostado antes. Iba a tener una relación con él tanto si quería como si no y, en vez de querer salir corriendo, se acurrucó a su lado. Alec tiró del edredón y se lo echó por encima.

–¿Estás bien? –preguntó él.

–Sí.

La besó en la frente y la rodeó entre sus brazos.

Scarlet se dio cuenta de que algo había cambiado en ella.

Capítulo Diez

Durante la semana que habían pasado en Seattle, se había establecido un vínculo especial entre Alec y ella. En las seis semanas que habían transcurrido desde que habían vuelto, había repartido su tiempo entre Cole´s Hill para conocer a Alec y su familia y sus compromisos en Nueva York. Todavía tenía náuseas por las mañanas, pero empezaba a sentirse mejor. Había procurado estar en Cole´s Hill los viernes por la noche para asistir al club de lectura con Hadley, Helena y sus amigas. Había sacado a Lulu a pasear por el vecindario y había disfrutado de lo tranquilo que era. En cierta manera, aquello le estaba gustando.

Era sábado por la tarde y estaba en la piscina de Alec, bajó una sombrilla. Lulu estaba durmiendo al sol sobre un cojín que Alec había colocado en el patio, cerca de un cuenco de agua. Se escuchaba música desde unos altavoces, sobre todo de Drake, Childish Gambino y Pitbull.

La familia de Alec iría más tarde a comer y al día siguiente iban a ir a la fiesta que había organizado su hermana Bianca para celebrar el futuro nacimiento de su bebé.

Tumbada en la hamaca y con las gafas puestas, sintió que podía encajar allí. El embarazo iba bien y tenía cita con el médico de Cole´s Hill la siguiente semana. La cita anterior la había tenido con su médico de Nueva York y había sido Alec el que le había sugerido que fuera a ver al médico local.

Estiró las piernas y se llevó las manos al vientre. Todavía no sentía moverse al bebé, pero sabía que estaba ahí.

La sombra de Alec la cubrió y alzó la vista.

–¿Te importa si me siento aquí?

Scarlet apartó las piernas para dejarle sitio y que se sentara a su lado en la tumbona. Alec le dio un cuenco de fresas que había ido a buscarle. La estaba mimando y eso le gustaba. Solo con mencionar que tenía hambre o que las fresas que habían comprado en el mercado tenían buen aspecto, enseguida se iba a prepararle algo.

Le puso la mano en el muslo y enseguida sintió aquella placentera sensación extenderse por todo su cuerpo. Luego le acarició la zona interior del muslo y se dio cuenta de que la estaba observando.

–¿Qué pasa? –preguntó ella–. Por cierto, muchas gracias por las fresas.

–De nada. ¿Te importa si te toco la barriga? Es increíble que nuestro bebé esté ahí dentro.

Dejó el cuenco a un lado, tomó su mano y se la llevó al vientre. Apenas estaba abultado y no parecía estar embarazada. Alec, con lo eficiente que era, había buscado información sobre las distintas etapas del embarazo y se la había mandado en un PDF. No había podido evitar una sonrisa al recibirla.

Otros hombres le habrían mandado flores o regalos caros, pero Alec Velasquez era muy práctico.

–Tienes razón. Ahora que ya no tengo náuseas por la mañana, lo único que me afecta del bebé es esto –dijo señalándose los pechos, que estaban más grandes de lo habitual.

–Ya me he dado cuenta –admitió él.

–Teniendo en cuenta que anoche no me quitaste las manos de encima, no me sorprende –replicó ella con una sonrisa–. Tengo una cita con el médico esta semana. ¿Quieres venir conmigo?

Según avanzaba el embarazo, Alec se estaba adaptando muy bien a la situación. Había momentos en que algo le sorprendía, pero en muchos otros parecía encontrarse en su salsa.

–Claro. ¿Qué día?

–Luego te mandaré un mensaje con los detalles.

Se inclinó y la besó antes de levantarse y sentarse en una silla.

–¿Estás bien? –añadió Scarlet.

–No lo sé. Todavía estoy haciéndome a la idea de que estás embarazada y no sé si lo estoy haciendo bien. Me refiero a que te deseo, pero no estoy seguro de si puedo… Ya sabes, estás embarazada.

–Estaba embarazada en Seattle, y en el avión, y anoche, y eso no te paró.

–Tal vez debería haberme estado quieto. Todavía no nos conocemos bien y vas a tener un hijo mío. Ya no sé cómo comportarme. No puedo seguir siendo el mismo porque voy a ser padre. No sé si estoy preparado.

Scarlet bajó las piernas de la hamaca y se echó hacia delante para tomarle la mano.

–Escucha, yo tampoco estoy preparada. En ese PDF que me mandaste, se dice que los nueve meses de embarazo sirven para preparar la llegada del bebé.

–No sé si nueve meses van a ser suficiente.

–Yo tampoco.

Era la primera vez que estaban hablado del bebé. En parte era culpa de ella porque había intentado mantener cierta naturalidad con Alec en vez de... aquello.

–Nunca he tenido una relación con un hombre que haya durado tanto.

–Apenas llevamos juntos seis semanas –observó él.

–Es cierto, es solo que no sé cómo hacer esto –admitió Scarlet.

–Bueno, parece que no se nos da mal el sexo –dijo sonriendo y entrelazando sus dedos.

–Tienes razón, pero ¿es eso lo único que hay en una relación?

Se levantó y fue a sentarse en su regazo. Él la rodeó por la cintura.

–No. También tenemos que conocer cosas el uno del otro.

–¿Como qué?

–Bueno, ya sé que te gustan las fresas.

–Y a ti la cerveza Lone Star.

–Deberíamos conocernos mejor antes de considerar que lo nuestro es una relación –bromeó Alec.

–También sé que te gusta Drake.

–Cierto. ¿Y a ti qué música te gusta?

–Bueno, las canciones de Siobahn me gustan mucho, pero lo que de verdad me ayuda a relajarme es el jazz de los años veinte y treinta.

–¿Cómo? ¿A la chica de moda le gusta la música antigua?

–Sí –confesó–, y eres el único que lo sabe.

–Me siento honrado.

–Y con razón.

Scarlet lo rodeó por los hombros y lo besó. En aquel momento no quería pensar en qué iba a hacer cuando naciera el bebé y se concentró en disfrutar de una tarde al sol con su amante.

Alec se acomodó en la amplia tumbona para dos y la abrazó por detrás. Sus cuerpos encajaban a la perfección. Tenía la mano sobre su cadera y la cabeza apoyada en su hombro mientras seguía haciéndole preguntas para descubrir qué cosas le gustaban y cuáles no.

Aquello no se parecía a nada conocido y una parte de ella deseó que no estuviera ocurriendo.

Volvía a tener aquella extraña sensación, cálida y casi reconfortante, que asociaba a Alec, pero que no sabía de qué se trataba. Tal vez estaba empezando a sentir algo por él.

No, no quería eso. Una cosa era el sexo, pero si se estaba enamorando… Temía no ser capaz de controlarse si se enamoraba. Había decidido conocerlo mejor, pero sin sentir la necesidad de tenerlo. Solo lo necesitaba como padre de su bebé. No se había parado a pensar que tenía que tomar una decisión respecto al futuro del bebé y estaba empezando a sentir algo por Alec. No debía olvidar que lo único que podía permitirse era sentir deseo sexual por él.

Se volvió en sus brazos y él no apartó las manos de su cintura. Cuando lo miró y vio su barba incipiente y el brillo de sus ojos, supo que era el sexo lo que los atraía.

Alec se inclinó para besarla y ella tomó su labio inferior entre los dientes. Luego, unieron sus bocas y se besaron lentamente. Sabía a lima y a tequila, y a algo que solo asociaba a Alec. Abrió aún más la boca, invitándola a explorarla más profundamente.

Scarlet se estremeció y lo rodeó con los brazos a la vez que le pasaba el muslo por encima de las caderas, tratando de atraerle. Su sabor siempre le hacía desear más.

—Tengo hambre… —le susurró ella junto a la mejilla.

–¿De qué? –preguntó, deslizando las manos arriba y debajo de su cuerpo.

–De ti.

Lo deseaba con todas sus fuerzas y no tenía inconveniente en admitirlo porque con el sexo se sentía segura, a diferencia de cuando le hablaba del bebé.

Alec le acarició la espalda, trazando un delicado recorrido por su columna. Entonces deslizó una mano por debajo del biquini y tomó su nalga mientras ella frotaba su trasero contra él.

Con la otra mano subió, siguiendo la curva de su cadera. Ella se echó hacia atrás y sus miradas se encontraron mientras le acariciaba los pechos, demasiado grandes para aquel biquini. Lentamente acarició los bordes del tejido antes de deslizar un dedo por debajo y sentir su pezón erecto.

Un ligero temblor se apoderó del cuerpo de Scarlet. Con una mano le acariciaba el trasero y con la otra dibujaba círculos en su pezón. Se acomodó entre sus brazos, en un intento de sentirlo aún más cerca.

Alec bajó la cabeza y le acarició con los labios el cuello. Scarlet sintió sus dientes en la nuca tratando de deshacer el nudo del biquini. Enseguida se soltaron las cintas y él aprovechó para tirar de una de ellas y dejar al descubierto el pecho que no estaba acariciando con su dedo.

–Vaya, hola –dijo y dibujó un círculo con la lengua sobre el pezón.

Ella echó hacia atrás la cabeza y se aferró a sus hombros mientras él chupaba con fuerza. Cada terminación nerviosa de su cuerpo pareció contraerse de deseo, y enseguida sintió que estaba húmeda.

De repente, Alec le hizo cambiar de postura y tumbarse de espaldas mientras se arrodillaba sobre ella. Su boca siguió dándole placer y lo único en lo que pudo pensar fue en las deliciosas sensaciones que estaba provocándole. Luego, le separó las piernas con el muslo y al instante sintió la rigidez de su erección frotándose contra ella. Levantó las caderas buscándolo, hasta que la acarició en el sitio adecuado.

Scarlet deslizó las manos por su espalda y tiró de sus caderas para atraerlo. Él continuó bajando por su cuerpo, dejando un reguero de besos hasta llegar a su ombligo. Allí susurró algo que no pudo oír antes de meterle la lengua. Ella reaccionó sintiendo unas palpitaciones en la entrepierna.

Alec siguió hasta llegar al biquini y se lo bajó por las piernas. Scarlet estaba deseando quitárselo, pero sintió su cálido aliento y su barba incipiente al rozarla con la mejilla.

–Levántate –le ordenó.

Ella obedeció y se puso de pie sobre la hamaca para que acabara de bajarle el biquini por las piernas. Sus ojos se encontraron y él le sostuvo la mirada mientras llevaba la mano a su parte más femenina. Scarlet sentía la piel muy sensible y le hervía la sangre en las venas. Ardía en deseos por él. Nunca hubiera imaginado que seguiría deseándolo con tanta intensidad después de aquellas semanas.

Estaba equivocada.

Alec le dijo entre susurros lo que le iba a hacer y luego volvió a bajar la cabeza, rozando la unión de sus piernas con la barbilla mientras movía la cabeza hacia delante y hacia atrás. Aquellos movimientos hicieron que se le hinchara el clítoris y se volviera más sensible.

A continuación le separó las piernas con las manos y sintió el aire fresco en su zona más íntima antes de notar la calidez de su boca.

Cuando sintió el roce de sus dientes, a punto estuvo de correrse. Pero Alec levantó la cabeza en el último momento, dejándola con ganas de más.

—Quiero que esto dure —dijo él.

Scarlet colocó las manos en su cabeza y lo dirigió de vuelta a su clítoris.

—Luego. Ahora, te necesito.

Sintió su mano bajar hasta llegar a la entrepierna y luego la estrechó contra él. Estaba al límite. Al sentir que la penetraba con la punta del dedo, las primeras sacudidas del orgasmo estallaron. Él se apartó enseguida y levantó la cabeza para contemplar cómo se agitaba.

—Alec…

—¿Sí?

—Necesito sentirte dentro.

—Perfecto, porque yo también lo estoy deseando.

Se colocó sobre ella rozando sus pechos con el torso y con el muslo le separó las piernas.

—¡Alec!

Scarlet se retorció debajo de él y se aferró a su hombro a la vez que él empujaba para penetrarla. La embistió una y otra vez hasta hacerla gritar su nombre, y él aulló el suyo junto a su hombro. Se corrieron frenéticamente y después permanecieron abrazados.

Al mirarlo a la cara, de nuevo percibió aquella extraña sensación. No estaba preparada para admitir que le gustaba.

—Supongo que ya sabemos una cosa más el uno del otro.

—¿El qué? —preguntó él, pasándole un mechón de pelo por detrás de la oreja.

—A ninguno de los dos nos importa quedarnos desnudos al aire libre.

Alec rompió a reír y sacudió la cabeza.

—Qué razón tienes.

Capítulo Once

Cuanto más tiempo se quedara Scarlet en Cole´s Hill, más estrecho sería el vínculo que se había establecido entre ellos. Su familia y amigos la habían aceptado en su círculo y por primera vez en su vida sentía que podía bajar la guardia con otras personas que no fueran sus íntimos.

Un par de horas más tarde, la fiesta de Bianca había dado comienzo. Habían asistido todos los hermanos Velasquez, algo excepcional teniendo en cuenta que Íñigo había acudido directamente desde una carrera de Fórmula Uno.

Alec había estado un buen rato en el comedor hablando con Íñigo, pero no lo había echado de menos. Estaba sentada en el sofá junto a Helena, Hadley y Kinley, y tenía que reconocer que nunca se lo había pasado tan bien.

Había mandado de vuelta a Nueva York a Billie para que preparara el lanzamiento de la siguiente caja de muestras, una suscripción trimestral que incluía productos de moda, y Siobahn seguía ocultándose en la casa que Scarlet había alquilado. Había empezado a componer canciones otra vez, y parecía estar recuperando la ilusión.

Toda aquella felicidad que la rodeaba hizo que se le ocurriera una idea que llevaba tiempo rondándole en la cabeza. Nunca se le había ocurrido dirigirse a un público femenino más maduro y asentado. Su público era joven, más preocupado de trabajar y divertirse. Pero después de pasar tiempo con Helena y Kinley se le estaba ocurriendo que tal vez debería preparar una suscripción para novias a punto de casarse. Teniendo en cuenta el transcurso del tiempo, era un paso lógico.

–¿Tenéis un rato mañana para que os cuente mi próximo proyecto? –preguntó Scarlet–. Ya conocéis las cajas de muestras que ofrezco a mis suscriptoras, y estaba pensando sacar una sobre bodas. Kinley, tal vez pueda asociarme con Jaqs si crees que le interesaría y que podría incluir un contenido exclusivo. Helena, como futura novia, me gustaría conocer tu opinión sobre lo que se podría incluir.

–Me encanta la idea –dijo Kinley–. Mandaré un mensaje a Jaqs después de la fiesta. Siempre está abierta a nuevas ideas. Hemos estado diseñando una colección de tiaras con Pippa y la joyería Hamilton. Algo se le ocurrirá.

–Estupendo –dijo Scarlet.

–Me agrada poder ayudar, pero sinceramente me interesan cosas en las que tal vez no reparen muchas novias y que no necesariamente tienen que ver con organizar la boda.

–Tal vez podríamos incluir unos consejos de ex-

pertos en meditación, que no todo fueran productos. Entonces, ¿os viene bien quedar mañana para
comentar los detalles?

Kinley asintió y Helena sacó su teléfono móvil
y consultó su agenda antes de volver a mirar a sus
amigas.

–Me vendría bien a eso de la una, una y media.

–Por mí perfecto –dijo Scarlet.

–A mí también me viene bien. Mañana tengo
que ocuparme de unas cuantas cosas de la boda
de Helena.

–Tu madre ha quedado en Las Vegas con Jaqs.
Se han hecho muy amigas después de su encontro-
nazo –comentó Kinley.

Tanto Alec como Scarlet quisieron saber más
de aquella historia, pero estaban dando comienzo
los principales actos. Scarlet pensó que nunca antes había estado en una fiesta así. Había personas
de todas las edades y casi todo el mundo se conocía de toda la vida.

Miró hacia donde estaba el señor Velasquez y
trató de imaginarse a su padre asistiendo a una
fiesta así, pero no pudo. Nunca había querido saber nada de niños porque le hacían sentir viejo.

Ya sabía que no era un abuelo cariñoso. ¿Cómo
iba a serlo si nunca había disfrutado de la paternidad?

Alec volvió con un plato de comida del bufé y
una copa de agua con gas, y se los dio.

–Supuse que tendrías hambre.

–Gracias –dijo tomando el plato y la copa que le ofrecía.

Habían descubierto durante su estancia en Seattle que si comía cada hora, no sentía náuseas.

–Parece que alguien está amaestrando a Alec –dijo Mauricio al unírseles.

–Ni que fuera un caballo, Mauricio –terció Hadley.

–¿Y qué es si no?

–Un caballero. De hecho, podrán aprender lecciones de tu hermano gemelo. Creo que nunca me has traído un plato de comida.

–Pero te doy otras cosas –dijo Mauricio, tomando entre sus brazos a su prometida y besándola, para deleite de todos los presentes.

Helena se levantó y Alec tomó su asiento, al lado de Scarlet.

–Me gusta tu familia –le dijo.

–A mí también. A veces resultan un poco pesados, pero sé que siempre puedo contar con ellos –comentó, pasándole el brazo por los hombros.

Estaba descubriendo que Alec era mejor persona de lo que pensaba y su familia, el entorno perfecto para su hijo. Se estaba haciendo a la idea de tener un bebé, y eso hacía que fuera más fácil tomar una decisión. Sabía que si lo suyo con Alec no funcionaba, algo más que probable teniendo en cuenta que su relación más duradera apenas había durado seis meses, al menos el niño se criaría con una familia cariñosa.

A veces pensaba que tal vez pudieran formar una pareja y criar juntos a su hijo. Pero había ocasiones en que se despertaba sudando, asustada ante la posibilidad de fallarle al niño como le había fallado a su hermana.

Helena dudaba si comentar a Malcolm la petición de Scarlet, aunque no le gustaba ocultarle nada. Les iba bastante bien, pero estaba siendo muy prudente con lo que hacía. Sabía que no era lo más aconsejable, pero temía hacer algo que lo empujara de nuevo al mundo de las apuestas. Así que nada más llegar a casa después de comprar la cena en su restaurante mexicano favorito, decidió contárselo.

–Scarlet me ha pedido que le ayude con un proyecto que tiene en mente –dijo Helena.

–¡Qué interesante! ¿De qué se trata, de consejos financieros? Eso se te da muy bien.

Ella sonrió mientras tomaba la cerveza que le ofrecía.

–Gracias, cariño, pero no, no es eso. Quiere que le ayude a preparar una caja con productos de muestras para futuras novias y también que le hable sobre el estrés y cómo sobrellevarlo.

–Bueno, eso también se te da bien.

Sabía que le incomodaba hablar de sus problemas con el juego. Todavía no habían recuperado el dinero de la boda que se había gastado en apuestas y confiaba en no estar tocando una fibra sensible.

–No pienso dar ningún detalle concreto. De hecho, iba a sugerirte que escribiéramos juntos el texto para el folleto. Solo tenemos que explicar por qué no es bueno fingir que no pasa nada.

Malcolm era su compañero de vida y, aunque no estaban casados todavía, había un estrecho vínculo entre ellos, que se había vuelto más fuerte desde que surgió su problema con el juego y decidieron hacerle frente juntos.

–Eso me gusta. Eres demasiado buena para mí.

La tomó en brazos y la hizo sentarse en la isla de la cocina. Luego, se colocó entre sus piernas.

–No te preocupes, no dejaré que se te olvide.

La besó y una cosa llevó a la otra. Últimamente, tenían que recalentar los tacos en el microondas antes de comérselos, pero no les importaba.

En su grupo de amigos era tradición jugar al póquer una noche al mes. Hasta que Scarlet apareció en su vida, había sido la única actividad, aparte del polo, que no tenía que ver con trabajo y siempre la había disfrutado. Iban rotando y cada vez jugaban en casa de uno.

Esa noche, el anfitrión debía de ser Malcolm, pero debido a sus problemas con el juego, había dejado las partidas. Le hacía sentirse mejor y Hadley estaba más tranquila según Bianca, que había reprendido a Alec cuando le había dicho que las partidas con sus amigos no tenían nada que ver con apostar grandes cantidades de dinero.

No había reparado en la falta de sensibilidad de su comentario hasta que Bianca se lo había hecho ver. Cualquier apuesta era una gran tentación para Malcolm. Alec se sentía un mal amigo por no haberse dado cuenta antes, así que había sugerido una partida de billar en el club. De esa manera, Malcolm podía estar con ellos. Al resto del grupo le había parecido bien jugar al billar en vez de al póquer, así que Alec estaba de camino para pasar la velada con sus amigos.

—¿Estás segura de que no te importa que vaya? —le preguntó Alec a Scarlet, sentados en el sofá de su casa.

Siobahn se había acomodado en una butaca junto al sofá y lo miró sacudiendo la cabeza.

—No le importa. Hemos planeado una noche de chicas —dijo Siobahn.

—Tiene razón, vamos a salir las chicas, y me parece bien.

Tenía las piernas sobre su regazo y Alec le frotó la pantorrilla. Había ido al médico en Cole´s Hill y en la cita, la primera a la que él la había acompañado, había descubierto que tenía la tensión alta. El médico le había aconsejado que hiciera reposo, así que Alec había ido a su casa esa noche.

Era difícil asumir sus sentimientos por ella, algo que le resultaba más complicado que cualquier otra cosa que hubiera experimentado antes. Tampoco era un hombre romántico. Prefería estar en su oficina con tres monitores, revisando códigos y algoritmos, que estar descifrando emociones. Pero no podía dejar de pensar en Scarlet. Había cancelado varias reuniones con clientes para estar cerca de ella al pasar del primer al segundo trimestre de embarazo.

No les había hablado del bebé a sus padres porque Scarlet quería esperar. Solo se lo había contado a Mauricio porque sabía que su gemelo era el único que mantendría la boca cerrada. Tanto Bianca como sus otros hermanos harían correr la noticia. De momento, era su pequeño secreto. Si se lo contara a sus padres, su padre enseguida le preguntaría por sus planes. ¿Se casaría, se irían a vivir juntos? Su madre… Siempre estaba diciéndoles a él y a sus hermanos que sentaran la cabeza, así que insistiría para que tuviera una relación con ella.

No tenía ni idea de si eso funcionaría.

Sus amigas seguían sin confiar en él. Mientras Billie había estado en Nueva York, Siobahn se había quedado allí y le había dejado muy claro que no estaba segura de que fuera lo suficientemente buena para su amiga. Teniendo en cuenta que Siobahn no se había recuperado de su ruptura, tenía sentido. Estaba haciendo todo lo posible para demostrarle a Scarlet y a sus amigas que era un tipo decente.

Pero también tenía miedo de cómo podía encajar en su vida. Si se convertían en pareja, no iba a poder evitar su alto estilo de vida.

Las mentiras piadosas nunca le habían parecido peligrosas. Pensó en las veces en que Mauricio y él se habían intercambiado identidades sin pensar en las consecuencias, pero esta vez había afectado a sus vidas de una manera que ninguno de los dos había pronosticado.

Había hecho daño a Scarlet y a Hadley, algo que nunca habría imaginado que haría.

Siempre se había sentido orgulloso de ser un caballero, así que le había resultado difícil verse como una mala persona.

—Estupendo. ¿Quién va a venir? —preguntó él.

—Bianca, Helena, Hadley, Kinley y a lo mejor Ferrin. Ella y Hunter vuelven a casa esta noche. Empiezan las vacaciones.

Lulu, que estaba acurrucada en el regazo de Scarlet, saltó y se fue al otro lado de la habitación, donde Scarlet le tenía una manta de cachemir.

—Suena divertido. ¿Van a venir los niños?

—No, Derek se queda de canguro —contestó Scarlet.

Alec sonrió al oír aquello. Soltero codiciado y famoso playboy en otra época, Dereck había cambiado mucho desde que se casó con Bianca. Su hermana había sufrido por culpa del amor y estaba muy contento de verla feliz.

—¿Necesitas que haga algo antes de irme?

–Creo que con dejarme a tu ama de llaves para que nos prepare la comida y nos haga compañía es suficiente –dijo Scarlet.

Alec apartó sus piernas y se inclinó para besarla. Como siempre que la besaba, sintió un cosquilleo de deseo.

–Si me necesitas, mándame un mensaje.

–Lo haré –le prometió, acariciándole la mejilla–. Estaré bien.

–Estupendo –dijo poniéndose de pie–. Adiós, Siobahn –añadió, y se dispuso a salir de la habitación.

La cantante le dijo adiós con la mano, pero sin levantar la vista de su cuaderno. Scarlet le había explicado que su amiga estaba escribiendo canciones para su nuevo álbum. Consideraba que era más positivo para olvidar a su ex que andar de fiesta cada noche.

–Hasta luego –dijo Scarlet.

Alec se despidió con una inclinación de cabeza, incapaz de hablar. Por primera vez tenía a alguien por quien quería volver a casa. Era algo habitual para otras personas, pero no para él.

Condujo hasta el club pensando en el futuro. Empezaba a verse con Scarlet. Ya no le resultaba tan extraña la idea de formar una familia y no estaba seguro de qué significaba eso.

***

Desde la puerta del cuarto de estar, Scarlet observó a Siobahn riéndose con Helena y sonrió. A pesar de que no había sido su intención quedarse embarazada, estaba conociendo cosas que nunca hubiera imaginado que existían. No era solo aquel pueblo, sino un estilo de vida que le gustaba. Además del bien que le había hecho a ella, Cole´s Hill estaba haciendo maravillas en Siobahn. Su amiga se estaba recuperando de una ruptura sentimental y Scarlet se preguntó si también le habría ido bien a Tara.

Por primera vez, la voz de su hermana permanecía callada en el fondo de su cabeza y no estaba segura de si eso era algo bueno. Una de las cosas más difíciles de perder a un ser querido era aferrarse a esa persona, mantener vivo su recuerdo. Su psicoanalista le había dicho que aceptara lo que le pareciera correcto, pero una parte de ella no quería dejar marchar a Tara.

—Hola, ¿estás bien? —dijo Bianca, acercándose a ella.

—Sí, ¿tú qué tal? Ya te queda menos para dar a luz, ¿verdad? —preguntó Scarlet.

Bianca tenía el vientre muy abultado para lo menuda que era y, aunque sonreía continuamente, había momentos en que se la veía agotada.

—Sí, pero no veo el momento.

—No sé qué haré cuando esté como tú —admitió Scarlet.

—No quiero asustarte, pero hace semanas que

no me veo los pies y los tengo hinchados. Anoche, Derek me tuvo que ayudar a levantarme de la cama para ir al baño. Estoy muy gorda –dijo Bianca–. No recuerdo haber estado tan gorda con Benito.

Scarlet sintió un nudo de pánico en la garganta mientras Bianca le hablaba sobre su embarazo. Se sentía un poco mareada y empezó a ver manchas en la vista. Si no tenía cuidado, iba a acabar desmayándose.

–Tengo que sentarme.

Bianca la rodeó con su brazo y la acompañó hasta una butaca.

–Lo siento, no debería haber dicho todo eso –dijo poniendo un escabel delante de Scarlet–. Apoya los pies aquí. Voy a traerte una toalla húmeda para el cuello. Echa la cabeza hacia atrás y respira.

–¿Estás bien? –preguntó Hadley, y se acercó a Scarlet.

–Sí, es solo que no acabo de acostumbrarme al calor de Texas –mintió Scarlet.

–Iba a traerle una toalla húmeda –dijo Bianca.

–Quédate, yo se la traeré.

Scarlet cerró los ojos y echó la cabeza hacia atrás. Había estado tan ocupada pensando en lo que haría cuando el bebé naciera, que no se había parado a pensar en el parto. No estaba segura de poder hacerlo. Lo que Bianca acababa de describirle no era algo que quisiera experimentar.

–No debería haberte contado nada. Alguien

debería taparme la boca. No puedo parar de hablar.

Scarlet rio al oír aquello.

–Está bien. Prefiero saber la verdad que pensar que todo va a ser maravilloso.

–Yo también. La primera vez… Bueno, no tenía a José a mi lado y fue muy duro estando sola –dijo Bianca, y se sentó junto a Scarlet.

–Alec me contó la razón. Espero que no te importe.

–No me importa. En aquel momento estaba aterrorizada. Había tenido una gran boda, incluso había sido televisada… Bueno, estoy segura de que me entiendes. Todo el mundo vio la boda y sentí mucha vergüenza de lo superficial que pareció todo.

Scarlet la entendía muy bien.

–Considero las redes sociales como parte de mi trabajo. Cuando estoy grabando, pienso que estoy disfrazada. Sigo siendo yo, pero estoy interpretando un papel. Solo en casa muestro mi auténtico yo. Si hubiera tenido una boda como la tuya, habría sido duro. Por cierto que me encantó. Mi hermana y yo la vimos completa. Fue una boda preciosa.

–Gracias –dijo Bianca–. Esperaba tener una vida más modélica, ya sabes, una versión más bonita de mi vida real concentrándome en ser madre y todo eso, pero con mi matrimonio derrumbándose y el bebé, nunca ocurrió.

–Voy a lanzar unas cajas de productos de bodas... ¿Querrías patrocinar un mes? Sería estupendo contar con tu testimonio después de vivir una boda de cuentos de hadas y luego enfrentarte a la vida real –dijo Scarlet.

Hadley volvió y le dio un vaso de agua a Scarlet y una toalla húmeda que se colocó en la nuca.

–Me encanta la idea. ¿No se te ha ocurrido hablar de soportar a madres que quieren ocuparse de cada mínimo detalle?

Bianca y Scarlet rieron. La madre de Hadley tenía dos hijas a punto de casarse y estaba disfrutando mucho organizando ambas bodas.

–Todavía no –admitió Scarlet–. Tendremos que hacerlo.

Siguió charlando con las otras mujeres y comenzó a sentirse normal otra vez, pero sabía que no debía olvidar que por mucho que estuviera disfrutando en Cole´s Hill, no era más que un breve paréntesis antes de volver a su vida.

Le gustaba la familia y el pueblo de Alec. Si iban a seguir cada uno su camino, la idea de pedirle que criara a su hijo se le antojaba difícil. Cada vez que se imaginaba ese futuro se veía en él, y no estaba segura de si encajaría. En momentos como ese en los que se sentía perdida, no le costaba imaginarse a Alec criando solo a su hijo, pero había empezado a cambiar y a creer que podía ser una buena madre. Aparte de los escándalos, ¿había algo más que se le diera bien?

Capítulo Doce

Junto al pabellón del club de Five Families estaban el campo de golf de dieciocho hoyos, las pistas de tenis y la piscina. De niño, Alec había pasado muchos días en el club, cargando los gastos a la cuenta familiar y jugando con sus hermanos y amigos, muchos de los cuales todavía conservaba. La zona recibía aquel nombre en recuerdo de las cinco familias que habían fundado Cole´s Hill.

—Esta noche se te ve… diferente —dijo Mauricio, acercándose para darle una cerveza.

Su hermano siempre estaba lleno de energía, como si fuera a explotar si dejaba de moverse. Su madre solía decir que eran el yin y el yang. Pero desde que Mauricio y Hadley se habían comprometido, su hermano estaba mucho más calmado. Alec quería saber a qué se debía ese cambio, pero no era el momento de preguntar.

Dio un largo trago a su cerveza y miró a su alrededor para comprobar si había alguien cerca que pudiera oír su conversación. No había moros en la costa. Malcolm y Diego estaban en un rincón, charlando del próximo partido del domingo y de las estrategias a seguir.

–Es Scarlet. Tiene la tensión un poco alta. Estoy preocupado por ella. He estado pensando en el bebé –añadió bajando la voz–, y no había reparado en las complicaciones del embarazo. Creo que las cosas entre nosotros empiezan a funcionar.

Mauricio le dio una palmada en el hombro.

–Te entiendo. Así me siento con Hadley, y eso que ella es peor que yo. Ambos queremos una vida perfecta, pero no siempre es posible. Surgen líos y complicaciones. No quiero sonar pedante, pero ¿sientes que formáis un equipo?

–¿Un equipo?

–Sí, como cuando surgen situaciones estresantes y sé que puedo contar con Hadley. O como cuando sin que le haya contado nada, se da cuenta de que estoy nervioso y me ayuda a tranquilizarme. Yo hago lo mismo por ella.

–No sé, es difícil saberlo. Lo nuestro parece estar funcionando, pero ya me conoces, no se me da bien saber lo que piensa la gente.

–A mí sí, y te mira como si sintiera algo por ti –dijo Mauricio.

–Creo que nos gustamos. ¿Cómo supiste que esta vez era diferente con Hadley? Me refiero a que cortasteis después del instituto y luego volvisteis a estar juntos, y lo mismo pasó cuando acabasteis la universidad y cuando se fue a vivir a Nueva York.

Mauricio sacudió la cabeza.

–No lo supe, hermanito. Estaba ofuscado tratando de aplacar mi temperamento. Entonces me di cuenta de que Hadley me aportaba calma. Era justo lo que me faltaba en mi vida.

—Yo nunca he estado así de furioso —comentó Alec.

—No, lo tuyo es diferente. Tal vez te sentías vacío.

Alec se encogió de hombros, aunque era consciente de que su hermano había dado en el clavo. Siempre había sentido un gran vacío en su interior, y Scarlet estaba empezando a llenarlo. Tal vez por eso estaba descentrado, porque no le había dado ninguna señal de que fuera a quedarse después de que naciera el bebé.

—¿De qué estáis hablando? —preguntó Diego, acercándose a ellos por la espalda.

—De relaciones.

—¿Así que vas en serio con Scarlet? —intervino Malcolm.

—Sí, pero solo va a estar en el pueblo una temporada. Quiero decir que llevamos juntos seis semanas —dijo Alec, y se frotó la nuca antes de darle otro sorbo a su cerveza.

—Seis semanas puede ser mucho tiempo en algunas relaciones. Helena y yo estuvimos saliendo bastante tiempo antes de casarnos, pero ya desde la segunda cita supe que ella era la mujer de mi vida —explicó Malcolm—. Tuve que jugar bien mis cartas para que cuando le pidiera que se casara conmigo, no tuviera más opción que decir que sí.

–¿Y cómo lo conseguiste? –preguntó Diego–. Al principio, entre Pippa y yo surgió una fuerte atracción sexual y entonces, bueno, pasaron cosas.

–¿Pasaron cosas? –repitió Mauricio en tono jocoso–. Estás hecho todo un romántico, hermanito.

–Ya sabes a lo que me refiero –afirmó Diego–. Algunas mujeres no prestan atención a las palabras, tan solo a los hechos.

–Tienes razón –dijo Mauricio riendo.

Lo cierto era que su hermano mayor tenía un punto. ¿Le estaba dando demasiada importancia al tema? ¿Acaso estaba imaginando algo que realmente no existía?

–Estoy de acuerdo, pero quiero añadir una cosa, Alec. Helena no necesitó que la convenciera. Desde aquella segunda cita, ella también lo tuvo claro, solo que le daba miedo decírmelo –dijo Malcolm–. A veces con el amor hay que arriesgarse.

–Vaya, llego unos minutos tarde y me encuentro una sesión de terapia –terció Bart.

–No todos tenemos ese acento con el que seducir a las mujeres –dijo Alec, y se acercó a Bart para darle un abrazo.

–No es solo el acento, amigo. Podría enseñarnos, pero creo que es algo con lo que se nace.

Pasaron un buen rato jugando al billar. A pesar de que Alec no les había contado toda la verdad de su relación con Scarlet, sus amigos le habían dado buenos consejos.

Solo le faltaba encontrar la manera de que se quedara en Cole´s Hill, de convencerla de que sería un buen padre para el bebé y de que merecía la pena correr el riesgo de quedarse por él.

Fue a dar otro sorbo a su cerveza y se dio cuenta de que se le había acabado. El club mantenía las salas de billar bien aprovisionadas, así que fue a la nevera y tomó otra. Tenía muchas cosas en que pensar, aunque no era difícil dar con la solución. Tenía que pedirle a Scarlet que se quedara o, al menos, que no saliera de su vida.

Dos días más tarde, Scarlet se sorprendió cuando abrió la puerta y se encontró a la señora Velasquez con Lulu a sus pies. El perro ladró una vez, y cuando la señora Velasquez se inclinó para acariciarla, se puso a dos patas.

La madre de Alec era presentadora de un informativo matinal en Houston e iba a la ciudad cada día. Los días que tenía libres, según le había contado Alec, los pasaba descansando. Sin embargo, allí estaba, en la puerta de Scarlet. Aunque ya se conocían de antes, apenas habían hablado.

–Hola, Scarlet, siento la intromisión. Me estaba preguntando si podrías concederme unos minutos para hablar.

–Claro. De hecho, estaba a punto de sacar a mi perro a pasear. ¿Quiere acompañarme?

–Me encantaría.

–Pase mientras voy a buscar la correa –dijo Scarlet haciéndose a un lado en el vestíbulo.

–Por favor, tutéame y llámame Elena.

–De acuerdo. ¿Va todo bien?

–Sí, es solo que no he tenido la oportunidad de conocerte y sé que Alec y tú estáis pasando mucho tiempo juntos y…

–¿Y?

–Quería tener la oportunidad de hablar contigo. Bianca me ha contado que eres inteligente y divertida, y creo que me he sentido un poco celosa –dijo Elena sonriendo.

Scarlet se dio cuenta de que la madre de Alec estaba allí para saber qué clase de mujer era y si encajaba con su hijo. Era curioso: nunca se había imaginado en una situación así.

Tomó la correa del perro y salieron de paseo. Iban charlando del pueblo y de la película que se iba a proyectar al aire libre en el parque, cuando Elena se detuvo y suspiró.

–Mi marido decía que no viniera, que solo complicaría las cosas, y odio tener que admitir que tenía razón, ¿verdad?

Scarlet se encogió de hombros.

–Tal vez. No sé qué es lo que quieres saber de mí.

–Yo tampoco. Echo de menos estar al día con lo que hacen mi marido y mis hijos porque presento el informativo de la mañana y paso mucho tiempo fuera de casa. No pude hablar contigo en el partido de polo. Debería haberte invitado a comer –dijo Elena, pasándose un mechón de pelo por detrás de la oreja.

–Crecí sin mi madre, así que no tengo ni idea de cómo actuar en estas situaciones –admitió Scarlet.

–Siento oír eso –dijo Elena–. Sabía que tu madre había muerto. He leído tu biografía en internet y conozco tu programa de televisión. Parece que has vivido unas cuantas tragedias.

Scarlet no sabía a dónde iba aquella conversación, y no le apetecía hablar con la madre de Alec, pero no quería ser descortés. Además, Alec y ella se habían hecho un estudio de paternidad para asegurarse de que no hubiera ninguna duda, así que podía hablar con absoluta certeza si surgía el asunto con la señora Velasquez.

–Así es, pero estoy segura de que no has venido a hablar de eso.

Scarlet se preguntó si Elena sabría que estaba embarazada. Tenía una barriga incipiente, pero apenas era perceptible con el blusón que llevaba.

–Tienes razón. Bianca me contó la buena nueva y sé que debería esperar hasta que Alec quiera compartirlo conmigo, pero soy una profesional que ha estado embarazada y sé que hay otros aspectos a tener en cuenta. Solo quería decirte que cuentes conmigo si necesitas hablar con alguien. Soy consciente de que no tienes madre y sé que eres muy capaz, pero… Oh, Dios mío, estoy divagando.

Le molestaba que Bianca se lo hubiera dicho a su madre. Se volvió hacia ella y vio preocupación en su rostro. Hacía un momento se había sentido atacaba, pero ahora se daba cuenta de que Elena estaba preocupada.

–No le correspondía a Bianca dar la noticia –dijo Scarlet.

–Lo se. Ha tratado de fingir que no lo sabía, pero cuando he caído en la cuenta de que no tenías madre… Bueno, he pensado que tal vez necesites contar con alguien. Sé que no me conoces, pero eso puede cambiar.

A Scarlet le pareció percibir cierta alegría. Elena era la primera persona que parecía alegrarse de la noticia del bebé, a diferencia de Alec y ella, que habían estado preocupados pensando qué hacer.

–Está bien. No quería que se supiera hasta estar preparada para hacerlo público en redes sociales.

–Bianca me hizo prometer que guardaría el secreto, pero no podía mantenerme al margen –dijo Elena–. Quiero que intentemos tener una relación. Con Bianca es diferente porque puedo aparecer en su casa y empezar a darle órdenes, pero contigo no.

Scarlet se dio cuenta enseguida de que Elena era una mujer divertida. Y muy dulce también.

–Me gusta la idea. No sé cuánto tiempo voy a quedarme en Cole´s Hill. La razón para venir fue para darle a Alec la noticia. Bueno, al principio pensé que era Mauricio.

–Mis chicos pueden ser muy bobos. ¿Quieres que quedemos a comer, por ejemplo, una vez en semana? Puede ser en mi casa o donde quieras.

–Me parece buena idea. Gracias, Elena.

–No, gracias. Sé que he venido sin avisar y que parezco una madre entrometida, pero no me gusta sentarme a esperar. Pero no seré muy insistente. Bueno, soy insistente, pero no te apures en decírmelo.

Scarlet asintió. Había perdido a su madre de niña y todas las amigas que tenía eran de su edad, así que aquello era diferente. Siguieron paseando y Elena le fue contando detalles sobre la vida en Cole´s Hill. No tuvo reparos en reconocer que le gustaba trabajar en Houston y así poder escapar de los cotilleos de vivir en una localidad pequeña.

Después de que Elena se fuera, Scarlet procuró que no le invadiera la melancolía. Si su padre hubiera sido un hombre diferente, se habría casado con alguien como Helena. Le agradaba poder contar con ella, pero no necesitaba una madre. Su hijo tendría una abuela que estaba deseando formar parte de su vida, y eso era algo que nunca había considerado una prioridad.

Pero ¿estaba ella preparada para ser madre?

Alec le había pedido a su ama de llaves que decorara el jardín y la zona de la piscina como si formaran parte de un sueño romántico. La mujer le había mandado varias fotos para que eligiera y había hecho un gran trabajo. Todo el patio de atrás estaba iluminado con luces entre los árboles y arbustos. Sonaba música de fondo y se había colocado una alfombra mullida en la zona de asientos del porche.

Echó un último vistazo a su alrededor antes de ir a buscar a Scarlet. Malcolm tenía razón cuando la otra noche le había dicho que a veces la respuesta no estaba en esperar. Se había dejado llevar por el miedo y había dejado que el silencio se impusiera. Quería que formaran una pareja y, aunque él era el primero en admitir que era imposible tenerlo todo resuelto para cuando naciera el bebé, estaban en la senda para conseguirlo.

Así que lo había hecho, había dado un paso adelante y había ido a una joyería de Houston a comprar un anillo. Había planeado una noche en la que le demostraría lo que había llegado a significar para él. Podía trabajar desde cualquier parte del mundo, a diferencia de su hermano Diego, que tenía que permanecer en Cole´s Hill cuidando de su rancho y sus caballos, y vivir donde ella quisiera.

Sabía que a sus padres tal vez no les gustara la idea. Su madre prefería que todos vivieran en Cole´s Hill, pero era una mujer realista. Había estado hablando con ellos la noche anterior. Aunque fuera una vergüenza que le dijera que no, no podía pedirle a una mujer que compartiera su vida sin antes haberle hablado a sus padres de ella, del bebé y de todo lo que quería compartir a su lado.

Tanteó el bolsillo del pantalón y palpó la caja del anillo. Le temblaban las manos.

También le había contado su plan a Mauricio, que enseguida le había confesado que lo veía venir. Alec no estaba del todo seguro si era verdad o no.

Condujo lentamente hasta casa de Scarlet para recogerla, aparcó en el camino de entrada y eligió una canción para cuando volvieran al coche. No era especialmente romántica, pero era la que había sonado la primera vez que habían bailado juntos.

Se miró al espejo para asegurarse de tener buen aspecto y se bajó del coche. Nunca antes se había sentido tan nervioso. Scarlet le abrió la puerta con un vestido de cóctel y el pelo recogido. Era la mujer más hermosa que había conocido jamás.

Tenía todo lo que siempre había estado buscando sin saberlo y de repente comprendió lo que Malcolm le había dicho. Mientras la observaba no pudo evitar preguntarse si era lo suficientemente buena para ella. No se tenía por una mala persona, simplemente había ocasiones en que hacía lo que debía para salir adelante. Podía mejorar, aunque tampoco se lo había pedido.

–Nunca te había visto tan callado –dijo ella a modo de saludo.

–Estás preciosa esta noche. No puedo creer que seas mía –contestó él al cabo de unos segundos.

–¿Soy tuya? –preguntó arqueando una ceja.

–Eso espero. Me gusta pensar que somos una pareja –admitió.

Si ella no sentía lo mismo, la noche iba a ir de mal en peor.

–A mí también. Estás muy elegante. Quién iba a decir que tenías un esmoquin.

–Llevaba uno la noche que nos conocimos –le recordó, poniéndole la mano en la parte baja de la espalda, mientras se dirigían al coche.

–Era de tu hermano.

–¿Nunca vas a dejar de recordármelo, verdad?

–Nunca –replicó ella con una sonrisa.

Le abrió la puerta y no pudo evitar fijarse en sus piernas al entrar en el coche. Luego rodeó el coche, se sentó al volante y encendió el motor. La música empezó a sonar y ella se volvió para mirarlo.

–¿No pusieron esta canción en la gala?

–Así es. Sé que suena un poco empalagoso, pero me gusta pensar que es nuestra canción.

–Eres un romántico encubierto, Alec.

–Tengo mis ratos –dijo, poniendo el coche en marcha.

Scarlet puso su mano sobre el muslo de Alec y él empezó a relajarse.

Cuando llegaron a su casa, le abrió la puerta y se hizo a un lado para dejarla pasar. Había cubierto el suelo de pétalos de rosa, idea de Hadley, y su

ama de llaves había encendido velas con el perfume preferido de Scarlet, gracias a la ayuda de
Billie, que se había mostrado muy colaboradora.

–Alec, ¡qué romántico!

–Quería que esta noche fuera especial. Llevamos viéndonos una temporada y quería demostrarte lo mucho que significas para mí.

Cerró la puerta después de entrar y Scarlet se
volvió hacia él antes de apoyar una mano en su
pecho y ponerse de puntillas. Sus miradas se encontraron.

–Tú también significas mucho para mí.

Capítulo Trece

Nunca antes un hombre la había cortejado de aquella manera, y eso la conmovió. Sentía una cálida sensación en su interior y se preguntó si estaría enamorada de él. El amor era una de las cosas que siempre había procurado evitar. La única persona a la que había querido había sido a Tara.

Alec era diferente. No había motivos para no quererlo. El único vínculo que había entre ellos era el bebé, además del que habían establecido en las últimas seis semanas.

Siguió lentamente el camino de rosas hacia la parte de atrás de la casa y contuvo el aliento al ver el aspecto del jardín y del patio.

«Te ha preparado un edén», le dijo la voz de Tara en su cabeza.

Princesa por sorpresa había sido su película favorita, y enseguida supo a qué se refería su hermana. Alec había convertido aquel jardín en algo fuera de este mundo y en lo más hondo de su corazón Scarlet sabía que sentía algo especial por él.

Casi deseaba que no fuera así, que pudiera disfrutar de aquella fantasía y volver a fingir que era adicta a él, porque la adicción era peligrosa y nociva. Tomándolo de esa manera, tenía sentido querer evitarlo. Pero cortejarla… La haría parecer estúpida si se daba la vuelta y salía corriendo.

–Le he pedido a mi chef que nos prepare la cena –dijo él, separándole la silla de la mesa.

Si se dejaba llevar por el pánico, no habría vuelta atrás. «Es solo una cena», se recordó mientras tomaba asiento.

Alec se sentó junto a ella, le sirvió agua y añadió fresas, como sabía que le gustaba.

–Tu madre ha venido a verme –comentó mientras cenaban.

No sabía cómo contárselo a Alec. No habían hablado de un futuro en común y ella había intentado no mezclar al bebé con ellos. Después de conocer a su madre, se le hacía aún más difícil no formar parte de la vida del bebé.

–Iba a haberte mandado un mensaje antes. Ya sabe lo del bebé.

–Pensaba esperar para contárselo a mis padres, pero quería dilucidar qué íbamos a hacer primero –dijo él–. Sé que van a tener muchas preguntas que ni tú ni yo estamos preparados para contestar.

Ella asintió.

–Sí. Me dijo que sabía que no tenía madre y que quería conocerme mejor.

–Puedes decirle que no –dijo Alec–. Es un poco…

–Insistente –le interrumpió Scarlet–, me lo dijo. Pero fue tan dulce que me cayó bien.

–Ya has comprobado que a mis padres les gusta implicarse en todo.

–Sí, es curioso, pero me ha dado la impresión de que ejercen un poco de padres de todos tus amigos.

Su padre era más del tipo de ligar con sus amigas, algo que le había parecido normal hasta que había llegado a Cole's Hill. Había visto familias como los Velasquez en televisión y en películas, pero nunca había creído que fueran reales.

–Así es. Creo que es porque conocen a mis amigos desde niños –comentó Alec.

–Me gusta. A Tara también le habría gustado.

–Me habría gustado conocerla. Fue muy importante para ti, ¿verdad?

–Sí.

–¿Cuál fue la mayor locura que cometisteis de niñas? Mauricio y yo siempre andábamos metidos en problemas, así que es posible que nuestro hijo tenga el gen de las travesuras.

Nuestro hijo. Como si fueran una pareja.

Una mezcla de pánico y esperanza la asaltó.

«Háblale de mí», le susurró la voz de Tara.

–Siempre me sorprendía con algo gracioso. Fuimos a internados diferentes y, el primer año después de la muerte de mi madre, lo pasé muy mal. Una noche estaba tumbada en mi cama de la residencia cuando oí que arañaban el cristal de la ventana. La abrí y vi a Tara con una gran rama en las manos –explicó Scarlet, y tomó un sorbo de su bebida antes de continuar–. Me hizo una seña para que bajara y salí a hurtadillas. Me tomó de la mano y corrimos hacia el taxi que nos esperaba. Luego le pidió al conductor que nos llevara a la playa. Era invierno y hacía mucho frío. Cuando llegamos a la playa, nos quedamos en la arena esperando. Le pregunté a que estábamos esperando y me contestó que a ver el ángel de mamá al amanecer.

–Suena maravilloso. Me habría gustado que mi hermano hubiera sido así de considerado. Sin embargo, Mauricio solía despertarme a golpes con la almohada para que le diera su perro de peluche, Scratchers, cada vez que se le caía de la litera.

–Pobre. Parece que Mauricio era un matón –dijo Scarlet bromeando.

–Y tanto que lo era. Se ve que Tara se preocupaba mucho por ti.

–A veces, pero también tenía sus problemas. En una ocasión, chocó su velero contra el mío para impedir que ganara una regata.

–De eso sé mucho. A Íñigo siempre se le dio bien montar en bici, en *karts* e incluso en los carritos de golf, así que a veces chocábamos con él para que no ganase. Seguramente eso le ayudó a que se le dieran mejor las carreras –dijo Alec–. ¿Has pensado alguna vez en tener más hijos? –preguntó él–. ¿O con uno te conformas?

Sabía que tenía derecho a hacerle esa pregunta, pero no quería contestar. Ni siquiera sabía qué iba a hacer con el bebé que estaba esperando.

–No, no lo había pensado. No estoy preparada para pensar en eso.

–Yo tampoco. Solo quería saber si tu sueño era formar una gran familia –dijo Alec mientras recogía los platos.

–Nunca se me había pasado por la cabeza tener una familia.

–¿Te apetece postre? –preguntó, cambiando de conversación.

No sabía cómo reaccionar a su respuesta.

–Me he quedado bien.

–De acuerdo.

Alec se acomodó en su asiento y se limitaron a mirarse. Scarlet deseaba saber qué estaba pensando. Le había pedido que se pusiera guapa para aquella cena y estaba empezando a sentir algo por él.

–Te has superado esta noche.

–Sé que es algo excepcional, pero eres la primera mujer a la que le he hecho una cosa así. Significa mucho para mí, Scarlet.

Ella asintió. ¿Qué podía decir? Tenía que darse prisa y pensar algo porque le estaban entrando ganas de quedarse allí, en Cole´s Hill, con Alejandro y con aquella familia que siempre había soñado.

Tal vez Alec no se daba cuenta de que, sin pretenderlo, le estaba ofreciendo todo lo que siempre había creído que no encontraría. Tragó saliva. Le estaba costando mantener la calma y los ojos se le llenaron de lágrimas mientras lo observaba abrir las puertas correderas que daban al patio.

Oyó música jazz. Le había contado que le gustaba la música jazz y lo había recordado.

«Es perfecto para ti. No lo estropees», le susurró la voz de Tara.

–Gracias –dijo saliendo al patio.

Había una alfombra nueva en el porche, muy suave y mullida. Se quitó los zapatos y la pisó.

El olor a rosas y jazmines invadía el ambiente. Se volvió para mirar a Alec y se encontró con que la estaba observando. Le tendió la mano al oír el comienzo de la siguiente canción y él la tomó entre sus brazos y comenzaron a bailar. Sentía la calidez de sus fuertes manos en la espalda.

Su simple roce la excitó como siempre. Solo con eso sentía despertar sus sentidos y se olvidaba de todo excepto de sus ojos marrones y de su cuerpo imponente. Al acabar la canción, la estrechó entre sus brazos y ella se aferró a él. Sabía que siempre podía contar con él. Por mucho que no quisiera, era consciente de que ya dependía de él. Aunque le costara reconocerlo, sentía un gran cariño por él.

«¿Solo cariño? ¿Por qué no admites que lo amas?», resonó la voz de Tara.

Deshizo el abrazo y se alejó de Alec y de la voz de su cabeza. No iba a admitirlo, pero la verdad resonaba con cada latido.

No era digna de amar, nunca lo había sido.

Había perdido a su madre, y su hermana se había alejado de su lado por culpa de su adicción y después había muerto. Su padre ni se molestaba en hablar con ella, a menos que necesitara su firma en algún documento.

¿Cómo iba a pensar que podía amar a Alec y que él la amara?

–Scarlet, cariño, ¿estás bien? –le preguntó.

Su tono de preocupación la hizo sentirse como una tonta. No estaba reaccionando bien. No sabía cómo comportarse en una situación así. Sabía cómo arreglárselas con un puñado de paparazis a la puerta de su casa esperando a que hiciera el ridículo, pero con un hombre que había preparado una velada romántica…

–No –respondió sacudiendo la cabeza–. Acabo de darme cuenta de que llevo todo este tiempo engañándome pensando que podíamos formar una pareja.

–¿Cómo? ¿Qué quieres decir? Quería que esta noche fuera especial. Normalmente no hago este tipo de cosas.

Ella sacudió la cabeza.

–Lo sé, eso lo hace incluso peor. Quiero ser la mujer que mereces, Alec, alguien que aprecie todo esto y lo disfrute. Pero no lo soy. Voy de un desastre a otro y no creo que pueda cambiar.

Él meneó la cabeza y le tendió las manos.

–No tienes que cambiar, no es eso lo que te estoy pidiendo.

Pero claro que lo era. Aunque no lo hubiera dicho con palabras, él lo que quería era algo estable entre ellos, y eso la asustaba más que otra cosa. Tenía que irse de allí y salir de Texas antes de que se olvidara de cómo era en realidad. Ella era Scarlet O´Malley, de los O´Malley bebedores y rebeldes, no una mujer capaz de llevar una vida estable.

Ese no era su lugar.

Alec no tenía ni idea de cómo las cosas se le habían ido de las manos.

–Pasemos dentro.

Scarlet no se movió. Se limitó a rodearse con los brazos y Alec se dio cuenta de que estaba asustada. Se acercó y la abrazó lentamente por si se resistía. Ella suspiró y apoyó la frente en su hombro. Respiraba entrecortadamente.

–No sé qué he hecho para disgustarte –dijo él, acariciándole la espalda–. Pero lo siento. Procuraré no volver a hacerlo –añadió recordando aquella primera tarde que habían pasado en el patio y ella había huido de él–. No soy el tipo que te engañó aquella primera noche cuando nos conocimos. He tratado de demostrarte que no tengo nada que ver con él y todavía me queda un largo camino…

–Espera, Alec, eres mucho mejor de lo que pensaba. Incluso cuando pensaba que eras Mauricio, el galardonado a la mejor labor humanitaria del año, no imaginaba que fueras a ser tan perfecto.

Él negó con la cabeza.

–Eso no es cierto. No pierdas el tiempo halagándome, Scarlet, sé que no soy ningún héroe.

Ella alzó la cabeza y sus miradas se encontraron.

–No te equivoques. Esto tiene que ver conmigo más que contigo. No soy la clase de mujer que sueña con sentar la cabeza –dijo señalando a la casa con un movimiento de brazo–. Pero todo esto hace que lo crea. Toda mi vida he pensado que me conocía. Sé que no le caigo bien a todo el mundo, pero no me importa. Soy una O´Malley y me las arreglo. Pero esto es diferente. Esto está cambiando mi vida hacia algo que nunca he tenido. Nunca me ha gustado tener responsabilidades.

Él asintió. Comprendía a dónde quería ir a parar.

–Todo cambió cuando te quedaste embarazada. Nosotros también tenemos que cambiar.

–No sé si seré capaz. No sé si sabré ser madre, si podré ser lo que esperas de mí. Estaba empezando a acostumbrarme a estar contigo, aquí en tu pueblo, pero esto… No creo en las relaciones largas, Alec. Nada es para siempre.

Sus palabras lo enfurecieron. Pero a la vez sintió lástima de ella.

–No soy como tu padre.

–No estoy diciendo que lo seas.

Se había puesto a la defensiva, como cuando se había encontrado con ella en el partido de polo. No sabía qué decir para arreglar la situación. ¿Cómo había podido equivocarse tanto? Nunca se le había dado bien adivinar los pensamientos de los demás, pero aquello era un gran error incluso para él.

–No te pongas así, no te estoy atacando.

–Lo sé –replicó dándole la espalda–. Así es como me pongo cuando estoy asustada.

–¿Qué te asusta de esto?

–Todo.

Alec permaneció callado, a la espera de que continuara. Pero no dijo nada más.

–Puedo quitar todo esto –dijo, e hizo un gesto abarcando los pétalos de rosa, las velas y todos aquellos detalles románticos–. ¿Serviría para algo?

–No, principalmente porque lo deseo. Quiero creer en esto y en ti. Quiero disfrutar de esta sensación cada vez que te mire y no temer que puede desaparecer.

–Entonces, hazlo. No voy a irme a ninguna parte, a menos que quieras que vaya contigo a Nueva York.

Scarlet esbozó una sonrisa triste y meneó la cabeza.

–No creo que te gustara. Mi vida no se parece en nada a lo que hemos vivido en Cole´s Hill. Además, llevo aquí demasiado tiempo. Casi se me ha olvidado lo que vine a hacer.

–¿El qué?

–Descubrir si eras un hombre decente para criar a nuestro hijo o si iba a tener que encontrar una familia que se encargara de él.

–¿Cómo?

–No te pongas así. Fue una noche de sexo, no nos conocíamos. Mi familia es un desastre y no me gustaría que un hijo mío tuviera que pasar por lo mismo que yo. No sabía qué hacer, no sabía lo que me iba a encontrar cuando llegara aquí.

Alec le tomó la mano y le acarició los nudillos con el pulgar. Comprendía sus temores, pero pensaba que eso ya lo habían superado.

—Ahora ya lo sabes.

—Sí, ahora ya lo sé y, como te he dicho, eres mucho mejor de lo que esperaba y tienes una gran familia. Este bebé va a tener todo lo que nunca tuve.

—Entonces, ¿por qué te molesta que te corteje? ¿Quieres que guardemos las distancias y que nos sigamos acostando?

Scarlet negó con la cabeza. Luego, se dirigió hacia donde había dejado los zapatos y se los puso.

—He decidido no formar parte de la vida del bebé después de que dé a luz.

—No te sigo. ¿Quieres que críe al niño yo solo?

—Sí. Eres mucho mejor persona que yo y sabes lo que es formar parte de una familia. Yo…

—No, ni hablar —estalló Alec.

No podía hacerlo solo. Había pensando que lo harían juntos porque cada uno aportaba a su unión algo diferente. Pero ¿criar a un hijo él solo? ¿De qué estaba hablando?

—Trabajo hasta tarde muchos días. No puedo ser padre soltero.

—Quiero que este bebé tenga lo que no puedo darle. Alec, eres un hombre cariñoso, serás un gran padre.

–Y tú una estupenda madre, y no quiero hacerlo solo. ¿Puedes por favor considerar que lo hagamos juntos? –preguntó él–. Creo que juntos formamos un gran equipo.

Al ver que no decía nada, Alec se dio cuenta de que la había interpretado mal. Fuera lo que fuese que había estado haciendo con él las últimas seis semanas, no había sido tratar de entablar una relación para fundar una familia juntos. Lo veía como a la persona que cuidaría del niño mientras ella volvía a Nueva York, a su vida de cara al público y lejos de él.

No la culpaba por haber pensado eso al principio, pero habían llegado a conocerse. Tenía que ser consciente de que no se iba a conformar.

–Quiero que nos vayamos a vivir juntos –dijo él–. Sé que no te lo esperabas, así que no me corre prisa tu respuesta.

–No puedo.

Estaba empezando a ponerse furioso.

–A ver si lo he entendido. Sé que no eres la clase de mujer que puede marcharse sin más.

–No confío en mí. ¿Y si soy como mi padre?

–¿Y si no lo eres?

–No quiero correr riesgos con nuestro bebé –dijo ella.

Capítulo Catorce

–¿Qué quieres decir? Alec, no voy a ser esa mujer. Nuestras vidas son muy diferentes. Vine aquí porque necesitaba saber si el padre de mi bebé era una persona decente.

–No dejas de repetirlo, pero eso ya lo hemos superado. Te has convertido en una parte muy importante de mi vida y creo que tú sientes lo mismo por mí. No somos unos desconocidos tratando de solucionar un problema. Somos dos personas que sienten algo muy fuerte el uno por el otro.

Aquellas palabras se repitieron en su cabeza y, por una vez, la voz sarcástica de Tara permaneció en silencio. El pánico que había logrado contener desde el momento en que había descubierto que estaba embarazada comenzó a crecer en su interior. Cada vez tenía más dudas, prueba de lo poco preparada que estaba para mantener aquella conversación con Alec.

–No puedo hacer esto, lo siento. Te llamaré dentro de unos días. Necesito pensar si quiero que críes a este niño sin mí o si deberíamos considerar otra opción.

Pasó junto a él en dirección a la casa. De nuevo,

el olor a rosas y jazmines la envolvió, pero esta vez se sintió triste. Aquel patio había sido el lugar donde se había fraguado su relación y, de alguna manera, tenía sentido que fuera allí donde le pusiese fin.

«No seas tonta. Te gusta este sitio y lo amas», susurró la voz de Tara en su cabeza.

No, de ninguna manera lo amaba. No iba a permitírselo. Todos aquellos a los que había amado, habían muerto.

–¡Scarlet!

Volvió la cabeza y vio dolor, agonía y furia en sus ojos. Se había quedado parado, apretando los puños, mirándola. Sintió un nudo en el estómago. Lo único que deseaba era alejarse de él para dejar de sentir aquello.

–No te vayas así –dijo él.

–Tengo que hacerlo. Quieres algo de mí que no puedo darte. No debería haber permitido que esto pasase.

–No, no es que tú lo permitieras. Aunque te cueste admitirlo, hay un vínculo entre nosotros y no importa adonde vayas ni qué decisiones tomes, ese vínculo siempre estará ahí.

Scarlet negó con la cabeza. Aquello no podía ser verdad. Nunca antes había estado en una posición así y dudaba mucho de que una vez volviera a Nueva York y a su antigua vida no fuera capaz de pasar página.

Había estado jugando un juego mientras había estado allí, fingiendo ser Mia en *Princesa por sorpresa*, pero sabiendo que era una fantasía que nunca se haría realidad. Aquel edén no era para ella, sino para la mujer que Alec pensaba que era.

–Gracias, Alec –dijo ella finalmente–. He disfrutado el tiempo que hemos pasado juntos.

–Sí, lo que tú digas. Te llevaré a casa.

–No tienes que hacerlo.

–Lo siento, pero estás embarazada de mi hijo y no voy a permitir que vuelvas andando sola a tu casa. Si lo prefieres, puedo pedirle a alguien que venga a buscarte.

Si se quedaba más tiempo, sería más difícil para ambos.

–Está bien, te agradecería que me llevaras.

–Sin problema. Me criaron para ser un caballero –dijo apretando los dientes.

Pasó a su lado y le sujetó la puerta que daba al salón. Oyó sus pasos detrás y luego el tintineo de las llaves al tomarlas de la mesa del vestíbulo. Luego la rodeó para abrirle la puerta y le rozó el hombro con el brazo.

Sintió un estremecimiento de deseo y se volvió para apartarse a la vez que lo hacía él. Se chocaron el uno con el otro y sus miradas se encontraron. Scarlet sintió que se le rompía el corazón. Sabía que estaba tomando la decisión correcta para el bebé y también para Alec. Todos en su familia tenían tendencia a la autodestrucción cuando se trataba de amar, y ella no era diferente. Aquello era lo único que podía hacer para que su hijo no creciera como ella y eso era lo importante. El dolor pasaría, a pesar de lo que dijera Alec.

—Espero…

Se detuvo. ¿Qué podía decir? No había palabras para expresar lo que quería. La verdad era que deseaba que encontrara la felicidad sin ella y estaba segura de que lo conseguiría.

—Sí, lo que sea.

Scarlet se dio cuenta de que aquella era su manera de ocultar su dolor. De camino al coche, también reparó en que nunca había arremetido contra ella. En ocasiones se había enfadado, pero lo peor que le había dicho era que el vínculo que los unía era fuerte y que tal vez no lograra superarlo. Nada de aquello podía considerarse malvado. Era un hombre maravilloso, la clase de hombre que le gustaría tener si no temiera reconocerlo.

Eso le hacía amarlo aún más. Lo amaba. Por eso era tan importante alejarse de él, por el bien de los dos. Cada vez que deseaba, se volvía destructiva.

Hicieron el trayecto en silencio y cuando Alec detuvo el coche ante su casa, ella abrió la puerta y le puso la mano en el brazo para impedir que se bajara a ayudarla.

—Adiós.

—Sí, adiós —replicó él.

Scarlet cerró la puerta después de bajarse y echó a andar, mientras él aceleraba y desaparecía en la noche.

No estaba de humor para asistir a una cena familiar. Hacía seis semanas que Scarlet se había marchado de Cole´s Hill. Le había dado instrucciones a su abogado de que llamara al suyo y le mantuviera informado del progreso del bebé. También le había comunicado en una carta que esperaba que hubiera reconsiderado hacerse cargo de su hijo, o tendría que considerar otras opciones, como darlo en adopción. No podía criar solo a un niño y no quería darlo en adopción al igual que sabía que Scarlet tampoco.

Su madre no estaba contenta con esa decisión, así que no le sorprendió encontrarse a su padre esperándolo en una mecedora del porche. Tenía una bandeja sobre la mesa, con una botella de tequila, sal, unas rodajas de lima y unos vasos.

–Hola, papá.

–Hola, hijo. Siéntate.

–No me apetece.

–Venga, siéntate, Alejandro –le ordenó su padre.

–Papá…

–No te lo estoy pidiendo.

Alec se sentó en una silla y evitó mirar a su padre. A lo largo de su vida, había tenido cinco conversaciones con su padre en aquel porche. Sabía que su padre reservaba las charlas en el porche para asuntos de los que no quería hablar dentro de la casa.

–No estoy listo para hablar de esto –dijo Alec.

–Está bien, entonces, escucha. Pero antes, tomemos un trago. Su padre se chupó la mano a la vez que lo hacía Alec. Luego se turnaron con el salero, tomaron una rodaja de lima cada uno y luego sus tragos. Alec se chupó la sal de la mano, se tomó su tequila y luego mordió la lima. Dejó el vaso en la mesa y se recostó en su asiento.

–No sé qué está pasando entre Scarlet y tú, pero tu madre me ha contado que está embarazada y tu me dijiste que ibas a pedirle que se casara contigo. Si se ha ido, supongo que es porque ha pasado algo.

–Sí, no quiere nada de esto, dice que no está hecha para esta vida y quiere que críe al niño solo. Por eso es por lo que vino aquí.

–¿Para ver cómo eras? –preguntó su madre.

–Sí –contestó, volviéndose para mirar a su padre.

Se sintió abrumado por las emociones y parpadeó varias veces para no perder la compostura.

–Y también para ver cómo era la familia –continuó–. Piensa que la nuestra es estupenda para criar al niño. Ya ves, la familia ha pasado la prueba, pero yo no.

Su padre alargó el brazo por encima de la mesa y le puso la mano en el hombro.

–¿Qué te hace pensar que no?

–Se fue. Me dejó claro que no quiere nada conmigo –contestó Alec–. Parezco un idiota, ¿verdad? Me gustaría poder decir que he pasado página. Han pasado seis semanas, papá, y no consigo olvidarla.

–El amor es así, no se olvida. Sobre todo si es auténtico. Mira tu hermano y Hadley.

–No puedo. Papá, me estoy volviendo una persona muy gris por dentro. Todo el mundo es capaz de encontrar la felicidad menos yo.

Su padre movió la cabeza.

–La encontrarás.

–No con ella –replicó.

–No con ella. Tu madre me habló un poco de su familia y parece que tiene algunos problemas que solucionar. Ya encontrarás la manera de pasar página, pero tu madre y yo pensamos que deberías hacerte cargo del bebé. Te ayudaremos, tus hermanos también te ayudarán.

Alec se echó hacia delante, apoyó los codos en las rodillas y la cara en las manos. ¿Ocuparse de un bebé? Eso era lo que Scarlet quería. Había estado tan afectado por su rechazo que no se había parado a pensar en el bebé. Pero tal y como lo había dicho su madre, no le agradaba la idea de que un Velasquez fuera criado por otras personas. No sabía lo que estaba haciendo, pero ya lo averiguaré.

–De acuerdo –dijo por fin–. No voy a fingir que sé lo que estoy haciendo, pero le diré a Ethan que quiero la custodia.

–Bien. Y respecto a la chica –dijo su padre sirviendo más tequila–, ¿qué podemos hacer?

–No lo sé, papá. Me dijo que no se le daban bien las relaciones. Demonios, a mí tampoco.

–Tal vez podrías mostrarle cómo sería tener una relación contigo.

Su padre lo miraba con reservas y no sabía muy bien qué tenía en mente.

–¿Cómo?

–Tu madre me matará por sugerirte esto, pero ¿por qué no te vas a Nueva York y la llamas?

–No sé, no quiero que parezca que estoy desesperado.

–Por supuesto que no. Dile que has ido por el embarazo y el bebé. Una vez te vea, cambiará de opinión.

–No estoy seguro. La amo, pero ¿es suficiente para convencerla?

Su padre le dio una colleja.

–Maldita sea, Alejandro. El amor es la cosa más poderosa del mundo. Demuéstrale tu amor hasta que ella se dé cuenta de que también te ama.

–¿Crees que eso funcionará?

Había sido testigo de cómo Diego y Mauricio habían conquistado a las mujeres que amaban.

–¿Cómo crees que conquisté a tu madre? Quería un estirado de ciudad, no un ganadero de caballos. Pero supe ganármela. No dejé de preguntarle si quería casarse conmigo hasta que me dijo que sí.

Alec sacudió la cabeza. No era un mal plan. Si había aprendido algo en las últimas semanas era que sus sentimientos por Scarlet habían crecido.

Así que ya estaba, tenía un plan y esperanzas para el futuro. Su padre tenía razón acerca de estar más cerca de Scarlet, pero no en Nueva York. Ese era su territorio. Accedería a hacerse cargo del niño, pero solo si volvía allí hasta que diera a luz. Eso le daría ventaja y, con un poco de suerte, el tiempo que le quedaba de embarazo sería suficiente para convencerla de que estaban mejor juntos. No quería perder la esperanza. La amaba demasiado.

Scarlet no se sentía bien ese día, pero el equipo de filmación estaba a punto de llegar en cualquier momento. Como los programas se grababan seis meses antes de su emisión, le había pedido al equipo y a la compañía de grabación que guardaran el secreto de su embarazo. Alec seguía insistiendo para que ambos se implicaran en la vida del bebé. Según avanzaba el embarazo, más le costaba imaginarse a su hijo al cuidado de alguien que no fuera Alec.

A sus socias del negocio de las cajas de productos les entusiasmó la idea de crear una línea de futuras novias e insistían en que sacara a la vez la de futuras madres, aprovechando que estaba embarazada. El problema era que no quería concentrarse en eso. Las casi siete semanas que habían transcurrido desde su marcha de Cole´s Hill no habían sido fáciles. Todos los días echaba de menos a Alec. ¿Cómo era posible?

Había dejado atrás familiares, amigos y casas sin echar la vista atrás. Sin embargo, no podía dejar de pensar en él. Había decidido comunicarse con él por medio de abogados y cartas porque temía que si volvía a oír su voz, cambiaría de opinión y correría a su lado.

Si solo fueran ellos dos, se atrevería a correr el riesgo, pero había un bebé en el que pensar.

Se llevó la mano al vientre, que ya estaba abultado. Para estar en casa, se ponía ropa que resaltase su barriga. Le gustaba pensar en el bebé. Era una forma de tortura. Billie le había recomendado que reconsiderara la idea de darle el niño a Alec, y lo cierto era que lo estaba haciendo. La vida no le estaba resultando fácil ahora que había vuelto a Nueva York.

–El equipo de grabación está aquí. ¿Quieres que baje a por ellos? –preguntó Billie–. Creo que quieren hacer unas tomas en el exterior.

–¿Puedes bajar y decirles que hoy no puedo?

–Claro, pero deberías dejar el apartamento. Tendrás que hacerlo en algún momento.

–Lo sé, pero todavía no –admitió.

Había estado escondiéndose, tratando de encontrar sentido a sus sentimientos. No sabía qué era estar enamorada, pero por la manera en que echaba de menos a Alec, debía de ser algo muy parecido a aquello.

Scarlet se agachó para recoger a Lulu, que no paraba de dar vueltas alrededor de sus pies. El animal escondió el hocico en su cuello mientras recibía las caricias de Scarlet.

–¿Qué te parece si nos vamos a dar un paseo por Central Park cuando vuelva? –preguntó Billie–. No hace demasiado frío, a pesar de que se supone que va a nevar. Ponte el abrigo para que no se note la barriga si hay paparazis.

Se quedó mirando a su secretaria y amiga, que la observaba preocupada. Sabía que Bianca había tenido a su bebé, una niña a la que había puesto de nombre Aurora. Kinley, Hadley y Helena también le habían estado mandando correos electrónicos y mensajes, diciéndole que la echaban de menos.

Ella también las extrañaba.

«No tienes por qué echar de menos a nadie. Vuelve a Texas», le susurró la voz de Tara.

Volver a Texas, como si fuera tan sencillo.

Se quedó mirando a Billie unos segundos y entonces asintió. No era feliz allí. Sabía que debía empezar con la grabación, pero por una vez en la vida no iba a compartir aquello con el resto del mundo, no hasta que recuperar a Alec. Eso, si aún seguía queriéndola. Estaba enamorada de él y no se sentía bien estando separados. No tenía ni idea de cómo criar a un niño, pero con Alec a su lado se sentía capaz de intentarlo.

–No, no vamos a ir al parque, Billie. ¿Qué te parece si en vez de eso nos vamos a Cole´s Hill? –dijo Scarlet.

–Ya iba siendo hora. Has estado muy triste desde que volvimos a casa y creo que es porque estás enamorada de Alec.

–Yo también lo creo. Bueno, ve y ocúpate de quien quiera que esté ahí abajo mientras que llamo a la compañía de grabación para cambiar las fechas y llamo al piloto para…

–¿Cómo vas a ocuparte de todo eso? Es a mí a la que se le dan bien los números –replicó Billie.

–Mándamelos en un mensaje. Creo que quiero ser madre.

–Claro que sí –dijo su amiga, y se acercó para abrazarla–. Y vas a ser una madre estupenda. Enseguida vuelvo.

Billie salió del apartamento y Scarlet tomó su teléfono para echar un vistazo a sus mensajes. No había sabido nada de Alec desde que lo dejó aquella noche. ¿Qué iba a decirle?

«Dile lo que sientes, algo que nunca hemos hecho en nuestra familia», le dijo la voz de Tara.

Su hermana tenía razón. Había llegado la hora de hacer lo contrario de lo que había aprendido para protegerse de que la hicieran daño. Ya era hora de reconocer sus sentimientos y admitir que necesitaba a Alec en su vida. Quería tener la familia que el destino había puesto en sus manos.

Capítulo Quince

Las oficinas de Ethan estaban en uno de los nuevos edificios que se habían construido a las afueras del pueblo, cerca del loft de Hadley. Normalmente revisaban sus asuntos en el club de campo o en el Bull Pen, pero Ethan había insistido en que para conseguir todo lo que quería en el nuevo acuerdo con Scarlet iba a tener que ir a su despacho.

Había pospuesto un viaje a Michigan para reunirse con uno de sus clientes y en aquel momento estaba de camino al bufete del abogado. Habían pasado tres días desde la conversación con su padre y había estado trabajando sin parar para que cuando Scarlet fuera a Cole's Hill pudiera concentrarse en ella. Por eso no le había ido bien cancelar la reunión con el cliente. ¿Y si volvía antes de lo que imaginaba? Quería estar allí cuando llegara.

En el aparcamiento de las oficinas de Ethan se encontró a Hadley, que parecía disgustada.

No podía ignorar a su futura cuñada y el abogado lo entendería si llegaba un poco tarde.

–¿Estás bien?

–No. Gracias a Dios que estás aquí. Creo que

ha entrado un ratón en mi loft –dijo Hadley–. He mandado un mensaje a Mauricio y me ha dicho que estabas de camino al despacho de Ethan. ¿Podrías venir y echar un vistazo?

–Claro, pensé que ya no vivías ahí.

–No, pero lo estoy arreglando para alquilarlo, y he quedado con alguien para enseñárselo dentro de media hora. Juro que me atrevo con todo, excepto con los ratones. Son pequeños y rápidos. Me dan escalofríos solo de pensar en ellos.

–Iré a echar un vistazo, a ver cómo puedo cazarlo –dijo Alec.

–Gracias. ¿Le digo a Mauricio que venga de todas formas?

–Sí, tendrá que deshacerse del bicho. Además, si hay uno en el loft, puede haber más en tu estudio.

–No se me había ocurrido –replicó Hadley–. Toma mis llaves. El código para entrar es 0322.

Alec tomó las llaves y se dirigió a la entrada de los lofts, al otro lado del edificio donde Hadley tenía su estudio de arte. También había una cafetería y una escuela de artes marciales. Las oficinas de Ethan estaban en el edificio adyacente de los lofts.

Introdujo el código y nada más entrar vio pétalos de rosas en el suelo. Aquello le trajo recuerdos de la noche en que había planeado pedirle a Scarlet que se casara con él. Todavía le costaba creer que hubiera acabado tan mal. Siguió el rastro hasta el ascensor. Era evidente que a algún vecino de Hadley se le había ocurrido la misma idea y le deseaba que le saliera mejor que a él.

Tomó el ascensor hasta la planta residencial y, al salir, vio que el camino de pétalos seguía por el pasillo hasta la puerta del loft de Hadley. Empezó a preocuparse por que su hermano estuviera esperando a Hadley y, si había algo que no quería ver, era a su hermano poniéndose sexy para su novia.

Llamó a la puerta.

—Mauricio, ¿estás ahí? Hadley está abajo. Cree que hay un ratón aquí.

La puerta se abrió lentamente y vio que los pétalos dibujaban un enorme corazón en el suelo.

Su corazón se desbocó al ver a Scarlet allí, mirándolo. Llevaba un vestido vaporoso hasta las rodillas, con el escote en uve. Estaba tan guapa que tuvo que contenerse para no correr a su lado y abrazarla. Enseguida reparó en los pequeños cambios que el embarazo había hecho en su cuerpo, y sonrió.

—Resulta que no soy Mauricio.

—Me alegro mucho. No me apetecía ver a mi hermano tratando de ser romántico con Hadley.

Tenía la sensación de que aquello era algo bueno. El que estuviera allí en Cole´s Hill antes de que Ethan le mandara su contraoferta era muy buena noticia para él.

—Yo también me alegro. Habría sido incómodo —dijo nerviosa—. No estaba segura de que vinieras si sabías que era yo. Creo que me gustan estas cosas.

Señaló los pétalos y el corazón que había hecho en mitad del loft. Dentro había un mensaje: *¿Crees en segundas oportunidades?*

—Sí —respondió Alec, señalando el mensaje—. No tuve la ocasión de decírtelo aquella noche: te quiero. No tengo ni idea de cómo criar a un niño, pero mis padres lo hicieron muy bien con mis hermanos y conmigo, así que podemos pedirles consejo. Y Bianca acaba de tener un bebé, así que tendrás compañía. Quiero tener la oportunidad de hacer esto juntos, eso es lo que estás diciendo, ¿verdad?

—Sí. Yo también te quiero, Alec. Tenía miedo de reconocerlo porque el amor y yo nunca nos hemos llevado bien, así que habrá momentos en que me asuste, pero quiero que sepas que siempre volveré.

—No voy a dejarte escapar.

Se acercó a ella y la tomó en sus brazos antes de besarla con todo el deseo y emoción acumulados en las últimas seis semanas.

—Cuánto te he echado de menos.

Palpó su bolsillo y la caja del anillo. No había dejado de llevarla encima, como si eso fuera a hacer que Scarlet volviera a su lado.

—Quiero pedirte que te cases conmigo, pero no hay prisa. Sé que te llevará algún tiempo acostumbrarte a vivir conmigo y con el niño, pero quiero que sepas que lo estoy deseando.

–Voy a decir que sí, pero hoy todavía no –le prometió–. Diré que sí cuando ambos estemos seguros de que lo digo de corazón.

–Te creeré –dijo Alec–. Nunca haces promesas que no puedes cumplir. ¿Por eso te marchaste?

Ella asintió y soltó el aire lentamente.

–Sí, me casaré contigo.

La tomó suavemente entre sus brazos y la abrazó con fuerza.

–Gracias.

Sacó la caja del anillo del bolsillo y le puso el anillo en el dedo. Había elegido un anillo de diamantes, con dos pequeñas piedras a cada lado. Quería llevarla a casa y hacerle el amor, pero toda su familia estaba fuera del edificio de Hadley cuando salieron.

–¿Has encontrado algo arriba? –preguntó Mauricio.

–Sí, al amor de mi vida –respondió Alec.

Epílogo

Un año más tarde

Alec estaba sentado en el patio de la casa que se habían construido a las afueras de Cole´s Hill, con su hija Tara María en brazos y Scarlet a su lado, echada en una tumbona. Hacía una mañana espléndida y al bebé le gustaba estar en el jardín, así que pasaban mucho tiempo fuera.

Scarlet había decidido seguir grabando su programa y sus seguidores se habían mostrado encantados con el embarazo y el bebé. Alec estaba siempre siguiendo su rastro en internet para asegurar su privacidad. Había sido precavido y se había asegurado de que tanto él como el bebé aparecieran siempre en segundo plano. Había lanzado con éxito una línea de cajas sobre bodas y otra de futuras madres, y estaba planeando la siguiente sobre la maternidad. Estaba orgulloso de lo mucho que trabajaba y de que su público estuviera aceptando su nueva personalidad más madura.

–¿Vas a poner de una vez fecha a la boda? –le preguntó Scarlet.

Alec se volvió para mirarla. Desde el día en que

le había pedido que se casara con él, no había vuelto a mencionarlo, convencido de que cuando estuviera lista se lo diría. Habían estado viviendo a caballo ente Nueva York y Cole´s Hill y así seguirían haciéndolo hasta que Tara María tuviera que ir al colegio.

–¿Estás lista?

Ella asintió y la niña empezó a llorar, reclamando su alimento. Scarlet le dio el pecho y Alec se quedó observando. Su esposa y su hija. Nunca había visto nada tan bonito ni había imaginado que una familia enriquecería su vida de aquella manera.

–Entonces, pongamos una fecha. Kinley está deseando organizarla –dijo Alec–. Anoche, estuvo dándole la lata a Nate para que me lo preguntara en el Bull Pen.

Siguieron comentando los detalles y después de alimentar a Tara, la dejaron en su habitación durmiendo. Luego, tomó en brazos a su futura esposa, la llevó al dormitorio y le hizo el amor, consciente de que había alcanzado una felicidad que nunca había soñado con encontrar.

No te pierdas *Una noche para amarte,*
de Katherine Garbera,
el próximo libro de la serie
Aventura de una noche.
Aquí tienes un adelanto...

Íñigo Velasquez disfrutaba viviendo a toda velocidad. El más joven y posiblemente guapo de los hermanos Velasquez vivía la vida a tope. No tenía ningún interés en casarse y sentar la cabeza. Además, como piloto de Fórmula Uno se pasaba la mayor parte del año viajando, lejos de la casamentera de su madre.

Aun así, tenía que reconocerle mérito a su madre. Había que tener mucha determinación para organizar una cita a ciegas en una fiesta de fin de año que ni siquiera iba a celebrarse en su ciudad natal de Cole´s Hill, en Texas. Allí en su casa, Íñigo estaba siempre a la expectativa de las maniobras de su madre, pero esa noche se encontraban al otro lado del país, en la casa de los Hamptons que tenía la madre del bebé de su hermano Alec, Scarlet O´Malley. Íñigo se había equivocado al pensar que la red de contactos de su madre no encontraría una candidata a esposa tan lejos.

Tenía que reconocerle el mérito de haber encontrado a una mujer que le resultaba interesante. Era alta, apenas unos centímetros menos que él, con su metro ochenta. Su melena rubia y larga, con algunos mechones oscuros, le caía por

187

la espalda. Llevaba un vestido camisero en un brillante color azul zafiro que hacía destacar sus ojos grises.

Su altura no era obstáculo para llevar tacones y era, con diferencia, la mujer más atractiva de la estancia. La soltura con la que se desenvolvía entre aquellos ricachones, le hizo preguntarse quién sería.

—Mamá, esta vez te has superado —dijo cuando su madre se acercó con sendas copas de champán en cada mano.

Le dio una y la aceptó, consciente de que tendría que durarle toda la noche. Había empezado los entrenamientos para la nueva temporada, y eso implicaba limitar su consumo de alcohol.

—Gracias, cariño —dijo—. Es tan solo una copa de burbujas.

—Me refería a la mujer.

—¿Qué mujer?

—¿De verdad pretendes hacerme creer que no has traído a la única mujer soltera de la fiesta? ¿Acaso quieres que la conozca por casualidad?

—Íñigo, no he invitado a nadie para que os conozcáis por casualidad. Siempre he querido que mis hijos vivieran en Texas, pero Mauricio es el único que se ha casado con una chica de Cole´s Hill. Diego vive a caballo entre Londres y Texas, y al parecer Alec va a hacer lo mismo, dividiendo su tiempo entre Nueva York y su casa. Quiero tener cerca a todos mis hijos para mimar a mis nietos.